日本经典文库

梨木香步精选集

〔日〕梨木香步——著
竺家荣——译

人民文学出版社

著作权合同登记:图字 01-2017-9269 号

Original Japanese title：NIOTSUHIME：NASHIKI KAHO SAKUHINSHŪ
Copyright © 2014 Kaho Nashiki
Original Japanese edition published by Shinchosha Publishing Co., Ltd.
Simplified Chinese tránslation rights arranged with Shinchosha Publishing Co., Ltd.
through The English Agency (Japan) Ltd.

图书在版编目(CIP)数据

梨木香步精选集/(日)梨木香步著;竺家荣译. —
北京:人民文学出版社,2018
（日本经典文库）
ISBN 978-7-02-013708-4

Ⅰ.①梨… Ⅱ.①梨…②竺… Ⅲ.①短篇小说-小
说集-日本-现代 Ⅳ.①I313.45

中国版本图书馆 CIP 数据核字(2018)第 013053 号

责任编辑　朱卫净　王皎娇
封面设计　高静芳

出版发行　人民文学出版社
社　　址　北京市朝内大街 166 号
邮政编码　100705
网　　址　http://www.rw-cn.com

印　　制　上海利丰雅高印刷有限公司
经　　销　全国新华书店等

字　　数　113 千字
开　　本　850×1168 毫米　1/32
印　　张　5.75
版　　次　2018 年 7 月北京第 1 版
印　　次　2018 年 7 月第 1 次印刷
书　　号　978-7-02-013708-4
定　　价　36.00 元

如有印装质量问题,请与本社图书销售中心调换。电话:010－65233595

目 录

001 | 月亮与潮骚
007 | 红颈滨鹬的耳朵
013 | "过去"的故事
027 | 排列在书架上
037 | 旅行袋里的东西
053 | 同款短大衣
059 | 夏日清晨
093 | 丹生都比卖
161 | 白雁异闻

月亮与潮骚

搬家那天晚上,夜空中挂着一轮新月。

当晚,我只打开了装生活必需品的纸箱子,给家电通上电,就睡觉了。

次日,一打开冰箱,就听到了轻微的海潮声,我慌忙关上了冰箱门。然后,再次轻轻打开冰箱,侧耳细听起来。

那声音听上去相当复杂。

哗啦哗啦的退潮声中,仿佛有无数沙粒在滚动。无数的沙粒乘着涌动的潮水躁动不已。在"唉——"的混合声音里,充斥着无穷尽的细微泡沫发出的唰啦唰啦声。仔细分辨的话,是由沙滩上不断产生又消失的无数唰啦唰啦声汇聚而成的、整体听起来很像那种"唉"的叹息般的声音。

这声音是那样熟悉,令我心生感伤,很想一直听下去。于是我放弃了原来买空调的打算,又买了一个电冰箱。新电冰箱很安静,没有发出潮水涌动的声音。我把食品转移到了新冰箱里,打开旧冰箱的门,让它代替空调,来获取冷气。我即将退休,正发愁以自己现在的身体,怕是吃不消眼下流行的"速冷"空调呢。反正这是单身者居住的小房间,应该不会给冰箱造成太大的负担——我这样给自己找理由。

从那以来,房间里一直回响着潮声。

每当夜晚来临,那声音便更响了。当我在黑乎乎的房间里偶然醒来时,看见人造小太阳将异样的光束投向房间各个角落,四周充斥着海潮的气味。

这莫非也是伴随衰老而来的一种身心变化吗？一闭上眼睛，就觉得房间变成了大海，我独自睡在海底。

搬家一个星期之后，一天夜里，我突然睁开眼睛，看见了一只雨虎。在房间里看这雨虎，就像是尺寸出了错的鼻涕虫。我并不觉得有什么稀奇，只是眼看着它变得越来越小。说起来，这房间或许并不能给雨虎提供它的身体所需要的湿度吧。雨虎变小后，越发酷似鼻涕虫了，或者说它就是鼻涕虫更恰当些。往它身上一撒盐，它就变成了一小摊水，消失不见了。不对，雨虎并没有消失，它只是缩小到了极限，伺机重新吸收水分，恢复原貌而已。

旧冰箱大大吐出一声如同叹息般的气体之后，渐渐变得越来越像空调了。它似乎终于做好了当空调的思想准备。

过了五六天后，因工作耽误了些时间，我回家比平时晚了。在回家的路上，看到弦月升上了夜空。回到家里，只见房间里有一只矶鹬伫立于响个不停的潮声中。矶鹬是一种腿很细的海边的鸟。

哗啦……唰啦唰啦唰啦唰啦……唉……唰啦唰啦唰啦唰啦……唉。

矶鹬貌似正入迷地聆听海潮的声音。不过，这只矶鹬是站在抽纸盒上面的，这个立足点可不算太平稳。大概是远处有同类在呼唤吧，它突然警觉地环顾四周，然后灵巧地飞进冰箱最里头去了。

过了几天，我回家后看到窗户被破坏了，窗帘随风飘舞着。平时我几乎不开窗户，看来是进了窃贼。我慌忙报了警，警察马上就来了，四下看了看，立刻作出判断："窗户玻璃是从里面破坏的。"怎么可能？我心想。不过，玻璃碎片的确大多散落在外面。"大概是窃贼正在室内翻找东西时，听到有人回来了，慌忙逃走的。你在进入房间之前，没有听到什么响动吗？"警察问我。"好像没有听到。"我回答。警察又问丢了什么东西没有。可是，我的房间里没有任何贵重物品。即便有也是银行存折、印章之类的东西，就连那个银行存折（警察看了里面的存款金额，说不定很同情我）都没有被偷走。不过，我还是感觉有什么地方不对劲。我按照警察的要求填写了表格，警察走了之后，我仍然在思索到底是哪里不对劲。

家里进了小偷，这个念头对我的刺激太强烈了，以至于忘记了炎热，当汗从头上流下来时，我才恍然大悟。原来是被当作空调使用的旧冰箱不见了。刚才由于窗户开着，外面的噪声传进了室内，所以自己压根儿就没往潮声或是空调那儿想。

海水涌动的声音听不见了。反复无穷的潮声听不见了。

一旦意识到这一点，我就再也坐不住了。

我冲出房间，登上了公寓的屋顶。

满月已高悬在中空。

我感到十分疲惫，仰面朝天地躺在屋顶的地面上。此时我才蓦然想起，那个冰箱的声音因涨潮落潮而有着明显不同。今天夜里是满月，如此说来，它因为无法抗拒月亮的引力，飞上天去了？

初秋的习习凉风从高空吹下来。我闻到一股海潮的气味。

就在这时,从耳朵深处响起了潮声。哗啦……唰啦唰啦唰啦唰啦……唉。这并非海鸣,而是耳鸣。原来是半规管①的蜗牛②受到了月亮召唤。

---

① 半规管,是维持姿势和平衡的内耳感受装置之一。
② 此处指耳蜗。

红颈滨鹬的耳朵

芳枝将干巴巴的手伸到最大限度时，触到的是同样干燥而单薄的玻璃纸似的东西。与此同时，她还感觉到那东西从边缘一点点崩溃着。

唧唧唧唧。

她一只手小心翼翼地把那东西从书架和书桌的缝隙间拿了出来，原来是一片已经变成茶色的什么植物的干树叶，好像是藤蔓植物的前端。它原来是夹在书桌上摊开的鸻鹬类图鉴的某一页里的。芳枝想要查某个词语，哗啦哗啦翻看图鉴时，它突然滑落到桌子旁边的缝隙里去了，宛如受惊的白鸻从图鉴里逃出去似的，吓了她一跳。

每次去野外看鸟的时候，一遇到生长在旁边土堤上的植物中有什么叫不上名字的植物时，芳枝的注意力总是不能不从看鸟转到那些植物上去。她常常会将那植物的叶子暂时夹在带去的图鉴里，以便回家之后再查阅。可是，回家之后，脑子就被其他事情占据了。这片叶子恐怕也是这样曾经在芳枝的头脑中独占过一段时间的植物之一吧。

这片像羽毛一样细长的等边三角形的叶子形状，芳枝好像在哪里看到过。她左思右想那片叶子的名字时，也勾起了一些令人烦恼的回忆。从它被夹在鸟图鉴里的那页来看，这片叶子应该是去海滩的途中摘下的。她已经十年多没有那样外出了，所以，至少是十几年以前的事情了，或许是几十年前也说不定。对了，记得是在某个半岛附近的海滩，用身体来打比喻，就相当于腋窝那样的地方。半岛宛如从那里向大海伸出的胳膊一般横亘着。她是和丈夫一起去的。

芳枝伸长胳膊，拿着那片叶子的根茎部分对着窗户的光亮看起来。透过茶色的叶片还能看见深茶色的叶脉。

这片叶子沐浴在阳光下摄取充足水分的时候，想必是丰满轻盈随风摇曳的，如今却像浆过头的亚麻似的硬邦邦的。根茎也像又细又硬的火柴棍般直挺挺的，捏住根茎骨碌骨碌一转，叶片就像皮影戏里的偶人一样转动起来。直径只有几毫米的根茎上竟然还覆盖着更细的纤毛，只是它已经变了色，说不好是不是藤蔓植物了。而且只有叶子没有花朵，即便想查阅恐怕也查不到它的名字。

所以芳枝把它放在了飘窗旁边。那天傍晚，芳枝感觉特别倦懒，就上床睡觉了。

半夜里，她听到了唧唧的声音。芳枝的丈夫去世了，又没有孩子，她独自一人生活。没有其他可以发出响声的人，这声音大概是窗外的虫鸣吧。

唧唧。唧唧。

不对，这是房间里发出的声音。芳枝一动也不动地全神贯注倾听那个声音，无论视力还是听力，就连嗅觉也好久没有感知到变化了。如果只是单纯的机能衰退的话，可以归结为上了年纪的关系，但是，对于她来说，却有着不能这样断言的情况。她总觉得很有可能是大脑皮质应对刺激时应该产生活性化的感受野①在相互侵犯。

就是说,她一听到某种声音,就会看到色彩。一看到某个画面,就会刺激味觉。闻到某种气味,就感到手指触摸到了什么东西。例如,前几天,她一闻米酒的气味儿,手指就仿佛在触摸光滑的天鹅绒。还有,看透纳②的画作时,忽然感觉嘴里充满了酸奶味儿。听到圆号的声音,眼前就会出现深褐色长条旗在飘扬。

人上了岁数,就会感知到种种不可思议的世界,芳枝大度地接受了这种变化。她已经习惯于认为自己是独自生活在和别人不同的世界里了。

唧唧。唧唧。

啊,想起来了,这是红颈滨鹬的叫声。

红颈滨鹬是最接近鸻鸟的滨鹬,只有麻雀大小。芳枝想在鸻鹬类图鉴里查阅的,正是这红颈滨鹬。

"红颈滨鹬的耳朵到底在哪儿呢?"

丈夫曾经这样自言自语过,芳枝是今天早晨突然想起来的。那是夫妻二人一起去海滩时的事。丈夫发现了这种鸟,用望远镜仔细观察后,过了片刻,这样自言自语道。"谁知道呢。"她当时并没有在意。

为什么丈夫自语的不是"鸟的耳朵",而是"红颈滨鹬的耳朵"呢?丈夫已经去世十二年了,芳枝今天早晨却突然想

---

① 一个神经元所反应(支配)的刺激区域就叫做神经元的感受野。
② 约瑟夫·马洛德·威廉·透纳(1775—1851),英国画家,擅长水彩风景画,印象主义先驱之 。

起这件事来,她想查查清楚。可是查了一下图鉴也没有搞清楚。红颈滨鹬是那种没有特别引人注目之处的很普通的鸟。

唧唧。

从飘窗那边又传来一声红颈滨鹬的鸣叫。芳枝站起来,从飘窗仰望夜空。唧唧。唧唧。最初听到这声音的瞬间,芳枝的感觉器官好像再度开启了亲密的合作。不过,仔细想想,曾经是有机物的树叶,被压在书里变成干叶的过程中,受到该页的影响也不是没有可能的,芳枝这样判断。叶子就夹在红颈滨鹬那页里。

虽然相伴四十年,但是这些年来芳枝从来也没有感到丈夫对自己是了解的。虽说如此,也没有对自己不好,实际上正相反。丈夫深知芳枝对衣食住行的喜好,也很尊重她的喜好。她只是感觉这个人不太懂得自己的内心。这也是不可强求的,芳枝当然不会因此而对丈夫抱有不满。自己的内心谁也不会理解,她在人生的初期就早早看破了这一点。不过,自己或许也不明白丈夫的内心。芳枝一向认真倾听丈夫讲职场的事情,并且努力培养自己对他的爱好的兴趣。虽然没能给丈夫生孩子,但是芳枝一直想要经营一个美好的家庭。尽管她丝毫不认为自己对丈夫完全理解,仍自诩某种程度是理解的。然而,说不定这理解也是某种感觉的误操作呢。

羽毛蓬松起来的红颈滨鹬仰头瞧着天上的星星。红颈滨鹬是候鸟,只要打开窗户,它必定会飞走的,连同它那看不出来在哪儿的耳朵。

"过去"的故事

1

在森林公园里散步时，我不知不觉走到了一个很大的水池边。

我根本不知道这个公园里还有水池。与其叫它水池，不如叫做沼泽更贴切。水边生长着茂盛的芦苇和蒲丛，水草也漂浮着好几种。这大概就是如今流行的所谓生态区吧？没想到这公园还真是深不可测啊。我已经搬来两年了，几乎每天傍晚都来这里散步，怎么至今一直没有发现这水池呢，实在令人匪夷所思。

池边立着个牌子，是关于栖息在这个池子里面的生物的说明。

红娘华、日本突负蝽、水螳螂、泥鳅、牛蛙……过去。

我对水边的生物略有所知。以前当小学教师的时候，我经常带着孩子们去河边和田地。但是，就连我也不知道这个叫做"过去"的是一种什么生物。对了，一定是把"水蚤"写错了①。可是这样写会引起孩子们的混乱，真不应该。

为这事，我得去一趟管理处，给他们提提意见，想到这儿，我拔腿朝办公室走去，对管理人员提出了这个意见。

---

① 这两个词的假名，在日语里很相近。

"没有写错,就是'过去',"满以为对方会道歉,没想到管理处的工作人员镇定自若地说,"就是'时间过去了'的那个'过去'。"

"那么,它为什么会在那个池子里呢?"

我有些气恼地反驳。

"说的也是,不过……"

管理人员不知如何作答,我更来劲了。

"可以钓它们吗?"

"不可以,这是规定,再说了,恕我冒昧,您不应该不顾年老,勉为其难啊。"

"你这样说就太失礼了。不钓上它们来瞧瞧,怎么知道'过去'长什么样儿呢?既没有标本也没有照片的话,让我怎么教学生呢。"

"哎呀,您还真是个难缠的人呀,公园里的水池是禁止垂钓的。作为工作人员,我也只能这样回答您。"

"好吃吗?"

我将进攻的角度一转,对方的目光骤然朝远处望去。

"这个可就……"

听到这话,我内心的求知欲和食欲联合起来,打败了公共道德。

常言道,虽有佳肴,不食不知其味。

我回到家里,准备了钓鱼用具,等到天黑下来,再度前往池边。我偷偷地在芦苇阴影处垂下钓钩后,就有什么东西咬了钩。把它轻轻地拽过来一看,原来是一条红鲤鱼大小的人鱼。它根本不挣扎,仰脸瞧着我,吓得我魂飞魄散。

"不会吧,就是你吗?"

人鱼点点头:"是的,我就是你的'过去'。"

难道说办事员吃的竟是这家伙吗?仿佛看透了我的心思似的,"过去"很厌恶地小声嘀咕道:"那个管理员把他的'过去'油炸着吃了。他的'过去'是蝗虫。"

"我可做不到。你要是待在这里不觉得不自在的话,还是在这儿待着吧。"

我说完,把"过去"放回了水里,站起身走了。只听到"过去"在背后对我说:

"我会经常去找你玩儿噢。"

这声音打破了夜晚的静寂,然后随着水声消失了。

2

那是个下雨的夜晚,玄关响起了轻轻的敲门声。我直觉是"过去"来了。打开门一看,果然是"过去"站在门外。它的下半身是鱼,所以很费劲地站着。我不由得同情起它来,把它请进了家里,接了一锅水,请它浸泡在锅里。

"真不舒适啊。"

"过去"有些焦躁地说。

"慢慢就习惯了。"

这时,老婆突然从隔壁房间探头进来。

"你一个人自言自语什么呢?"

"'过去'来做客了。"

我感觉自己就像被逮个现行的嫌疑犯似的。"根本没有什么可心虚的。"有必要让自己放开一些。

"哟,真是'过去'呀。它怎么来了?"

我万万没想到老婆会认识"过去"。

"钓上来的。"

"既然钓上来了,就得安顿好它。"

老婆说完就回自己房间了。最近她什么都懒得做,没事儿就躺着。

"她怎么这么说话呀。"

"过去"啪嗒啪嗒甩动着尾巴，表示愤慨，这就相当于在发脾气吧。

"她不是那样的女人，原谅她吧。对了，我给你挖个池子吧，应该比在锅里舒服。"

我这样说是为了弥补老婆刚才的不礼貌，但"过去"对这个提议格外高兴，于是我决定明天雨一停，就在院子里挖个池子。"过去"说它就在锅里睡觉，于是我像往常一样铺好被褥睡了。

到了早上，我往锅里一看，"过去"像海螺一样蜷缩在锅底。

"喂。"

我大声叫它，它才犹如花朵绽放一般缓缓地伸展开来，恢复了原来的人鱼模样。

"早上好啊。""过去"很有礼貌地问候我。

"早上好。"我不自觉地拿着架子回应它。

"你一般吃什么东西啊？"

"给我一点点柚皮果酱。"

"过去"很腼腆地回答。柚皮果酱，家里有这东西吗？这时，老婆拉开了隔扇，插言道：

"冰箱里有。一直准备着呢，随时等着'过去'来吃。"

真搞不懂这女人到底算不算会做家务。我以为她说完就会离开，谁知她一屁股坐在了门槛上。

"你知道吗？"老婆喃喃道，"已经六十年了啊，从那天开始算起。"

一开始我不明白老婆在说什么。

"每年,我都准备了它呢。"

准备了柚皮果酱吗?我不禁像看一个陌生人似的怔怔地瞧着老婆。

六十年前,我十三岁,老婆十四岁。那个夏天,是狂热的终点和迷惘的起始。

"那天,你送来了砂糖,所以我用柚子皮做了柚皮果酱。"

没错,妈妈让我给住在附近的老婆家,送去了贵重的砂糖。那是我和老婆的初遇。啊,我想起来了。因为后来我吃过那柚皮果酱。

3

在老婆娘家的院子里，曾经有一棵高大的柚子树。但是现在，她的娘家已经没有了，柚子树也不见了踪影。难道说制作柚皮果酱，对于老婆，就像是连接过去和现在的媒介般的东西吗？

"可是，我根本不知道你一直在做柚皮果酱啊。"

"那是当然了。"

老婆说完再次拉上了隔扇。她是个不会交谈的女人。

外面有人在叫门，我去玄关开门。

"我是委员。"

委员？什么委员？我一头雾水。

"今天来，是因为收到附近住户的举报，说你家里有一条'过去'。"

奇怪，"过去"的事，别人是怎么知道的？

"钓'过去'是被禁止的，这个您应该知道吧？"

委员从玄关探头看到了"过去"。"过去"完全不见了先前饶舌的样了，就像鱼干似的缩成一团。

"这东西很危险，必须隔离！"

"岂有此理！"

"把这种东西放在身边的话，对你的生活和未来到底有什么用呢？就当作不曾有过它不好吗？你压根什么也没有钓到。"

委员闯进屋去，硬把"过去"带走了。被带走时，"过去"非常难过地望着我。

当作没有它？开什么玩笑。"过去"曾经存在过，必须把"过去"找回来。

出乎意外的是，老婆异乎寻常的合作。委员前脚走，她就把被褥叠起来，坐在梳妆台前，拢好头发，别上发卡。

"干吧。"

她站在瞠目结舌的我前面。

"你磨蹭什么呢？不是打算挖水池吗？"

"可是，'过去'不在了，还挖水池干什么？必须首先想办法把'过去'找回来，咱们去打听委员住在哪儿，跟他谈判吧。"

"所以说嘛！"

老婆发起火来，跟"过去"一个德行。

"男人就是愚蠢啊，根本不懂得事物都是进进退退的螺旋式发展的呀。"

我被老婆的气势吓住了，很听话地在院子里用铁锹开始挖坑。可是，这个作业并非想象的那么轻松。刚挖了一会儿就遇到了岩石似的硬东西，立刻判明这是一大块石板，用铁锹之类的根本别想撼动它。没办法，只好将这块石板当作池底了，歪打正着。

石板犹如镜面一般光滑，往池子里放水时，溅起了奇特的水花，朦胧飘渺地映出了犹如海市蜃楼般原本不可能出现在那里的风景。

老婆坐在水边，毫不厌倦地望着水面。

"你看，柚子树长出来了。"老婆说。

我往水里一看，果然有一棵小树。看叶片的光照度或叶尖形状，的确很像属于柑橘类的柚子树。

"快要开花了。"

老婆深情款款地说。果真开出了白色的柚子花，馥郁的柚香在四周弥漫开来。随后出现了翻飞的凤蝶，一个晒得黑黝黝的男孩子挥动着捕虫网在捕蝶。

"他是我弟弟。"

老婆动情地掉出了几滴眼泪。

"空袭时死了。"

4

柚子树结出了一个个果实。水中的季节在更替,冬天过去了,又迎来了一个夏天。不久,水面上映出了我向老婆求婚的场面。

我想起来了。其实我很不喜欢吃柚皮果酱。相识之初,我没好意思说出来,因为柚皮果酱宛如我和老婆的月下老人。但是,结婚后的第一个夏天,我下决心对老婆说出来。我说:"我以后再也不吃柚皮果酱了。"

我偷偷瞅了一眼身边的老婆,老婆仿佛着了魔似的盯着水面。

此时水面上出现了第一个孩子出生后的场景,是个女孩子,她现在在遥远的外国经营着自己的生活。

"真是什么场景都有啊。"

我不禁啜嚅道。老婆不客气地说:

"这是我的过去。你称为'过去'的东西,以前跟死鱼没什么两样。不过,现在你瞧。"

老婆把手伸进水里,出人意料地摘了一个柚子,从兜里掏出水果刀把它切开。里面有一个坚硬的海螺。

"喂,'过去'。"

我吃惊得脱口而出。

"这就是你的回忆,简直像个化石。"

老婆说着,抓起海螺放在我的手心里。

"你把它贴在耳朵上。"

我顺从地把它贴在耳朵上。

"我逃出来了,从委员家的厨房里,好悬啊。"

海螺发出"过去"的腔调对我低语。

"所以变成了这副样子。"

我吃了一惊,瞧着老婆的脸征求她的同意。老婆重重地点点头说:

"得从柚皮果酱的时候重新开始噢。"

不知怎么,我觉得这是个建设性的提议。我对老婆宣布:"那什么,我以后再也不说不喜欢吃果酱了。"我努力回想当年的事,自己曾经说了些什么。说了些什么呢?对了对了,"用柚子皮做的东西,简直就像垃圾。"我是这样说的,非常自以为是。老婆——哦,就是加寿子,露出了很受伤的表情。因为在加寿子的娘家,每天早餐都吃烤面包和柚皮果酱。

难道说老婆对此事一直耿耿于怀吗?真是这样的话,她的耐心和执着实在太强大了,还有人比她更具有如此坚韧不拔的持久力吗?

不知加寿子是怎样理解我的惊愕表情的,她对我说:

"看样子你好像想起来了,你曾经怎么骂我的果酱的。"

我惶恐地点点头。加寿子貌似心满意足,继续说道:

"我的生活欲求就是从那个时候开始衰退了。万万想不到,有朝一日你会和你的'过去'重逢啊。"

我愧疚得实在不好意思回话。

"根本想不到竟然有这么一天,能够看到你反省的表情。"

望着沉浸在无比幸福之中的加寿子,我只有暧昧地点头不止。我不知道此时此刻,给我们之间的相互理解加入客观性与互换性,会给彼此带来什么利处。

返回池子里去的海螺,不久就变回了原来的"过去"。"过去"时常坐在那块石板上,给我们唱罗累莱①听,或是在皓月当空之夜,高高地跃出水面表演给我们看。真是个多才多艺的家伙。我仿佛悟到了委员说它很危险的缘由,可又觉得除了和它交往下去,没有其他选择。"过去",每当我这样叫它时,经常是加寿子答应。我这才想起,订婚后那段时期,我就是这样叫她的②。

前几天,我第一次让妻子陪伴我去公园散步。于是,又发现了另一个没有见过的大水池,但是我没敢靠近它,绕路回了家。

---

① 德国诗人海涅的著名诗歌《罗累莱》。
② 在日语里,"加寿子"的爱称,和"过去"谐音。

排列在书架上

最近，不知怎么搞的，我总是频繁地撞到墙壁或什么东西上。仅止于此也就罢了，问题是每次那个撞到的部位便会立刻坏掉。撞到肩膀，肩膀坏了，撞到胳膊肘，胳膊肘就坏了。最初只不过是皮肤破了，后来与碰撞时的不同强度成比例的，肌肉开始减少了。从米粒大小到骰子大小，最严重的时候有拳头大小的肉消失不见了。好在此时是晚秋时节，临近冬天，覆盖身体的衣服比夏天厚了不少。胳膊也被遮挡在长袖里，从外面看不到了。但脱去衣服，胳膊就像是千疮百孔的石膏。即便去看医生，也只给开些抗生素和软膏，对于"症状"的判断总是和我感觉的不一致。医生和我之间根本无法取得共识。看来"当事人的具体情况"这种东西毕竟不是那么容易传达的吧。即使从医学的见地进行探究，也有不能抵达的领域，醒悟到这一点后，我便不再因为治不好而焦虑不已了。

若是有意识地慢慢地触碰某个部位的话，不会出现任何问题。所以比如洗脸、洗澡，等等，眼下都不要紧。即便是冲撞，只要自己能够预测到，就不会发生严重的后果。在即将撞到之前，"啊，要撞上了"，只要能够预感到的话，最多只是感觉到疼痛而已。可是，人生简直就是无法预测之事的聚合体。我竭力不去拥挤之处，避开乘车高峰。即便如此，有时候也会在下雨天被别人撑开的雨伞刺伤，或是被擦肩而过的包划伤等等。大多是胳膊受伤，因此，胳膊受损伤的程度最严重。前几天在地铁楼梯口,差一点和一只乌鸦撞上。幸亏当时双方是朝着不同方向躲闪的,倘若是躲向同一方向,撞个满怀可怎么办啊,到现在我还心有余悸呢。

我住的公寓位于市中心的高处,因此,在露台上,能看见四面八方同样的小公寓和林立的高楼大厦。由于相隔距离比较远,并不觉得有什么压迫感。不过,使用望远镜的话,估计也能看见对面建筑物的某个房间里的样子,就是这样的距离。不知是怎么形成的折射,时而阳光会从意想不到的方向射过来,或是行人在远处街道上说话的声音,听起来仿佛近在耳边。尽管离海边很远,却好像能听到汽笛的声音。这一定是别的地方的景色凑巧具备了种种条件,而突然出现在自己眼前的类似海市蜃楼那样的现象。

那是个晴空万里的好天气,我在露台上晾衣服,干爽的秋风令人感到非常舒服。干这个活儿要特别注意的是,晾衣服时衣架等小东西常常会因为刮风而发生意想不到的移动。我不止一次因此导致肩膀的肉变薄了。我虽然在逐渐失去质量,但这并不是一件让人不愉快的事。

是的,患上这个病之后,我深切认识到,人的存在感说到底,很大程度上来自于本人的质量这一点。人一旦消瘦下来,体形缩小,体重减轻,于是重力也随之变轻了。身体变轻了,就连心情也跟着变得轻松起来,仿佛从重力下被解放了出来似的。大概是因为分量暂时变轻了,而感觉人生的负担减轻了的缘故吧。

我在思考这些的时候,突然听到一个声音:

"妈妈，救救我！"

我不由得向周边的公寓望去。然而，眼前只有安静如常的大白天的无聊风景，看不到半点不安全的景象——比如有人遭遇坏人暴力，或是差点儿从高高的台阶上滚落，或是受到父母虐待等等。我竖起耳朵细听。除了大马路上轻微的噪声外，什么也没有听见。我好像是中了邪了。

如同触到皮肤上才感觉到的风一般飞进我耳朵里的那个声音里，有着经过相当长的距离才终于抵达的声音所特有的回音。因此，可以肯定这是从什么地方传来的声音。

即便这样等下去，似乎也不会出现任何变化，于是我打算按原定计划出门。我之所以穿上厚雨衣，是为了减少碰到什么东西时的冲击强度，就是说期待它起到缓冲材料的作用。

从公寓出来刚刚走下坡道，有一个小书店。

书店位于车都过不去的狭窄坡道旁，虽说位置不算太好，但是由于正好在走上坡后想歇歇脚的地方，所以路过时我经常会光顾。入口处摆放着人们走下坡道去上班上学时有可能购买的杂志或是报纸，等等，只看这些像是普通的书店，但是一走进去，就会感觉书籍的分类方式很是奇特。这里的书架没有按照实用书籍或小说、商务等分类。《自然农耕法》《草木种植法》的架子上，还摆着《秘密花园》《黑郁金香》《大地》，接下来还会看到《黄河之水》以及《从空想到科学》《挖掘过去》《史前时代的热情》，等等。这是书店或图书馆都看不到的排列法，因为排列得就如同在一个人的体内伸展的神经细胞那样。

大部分客人只是在入口附近拿了想买的刊物，直接去收银台付款，并不进里面去。但是，看似一成不变的书籍行列，实则在微妙地变化着，增多着，确认它们的变化几乎成了我的嗜好，因此这一天，我也是毫不犹豫地径直走进了最里面的房间。

靠近路边一侧的天花板附近，是嵌入式玻璃墙，将随着坡道的角度射进来的阳光柔和地洒向整个房间。以前摆放过《自然与人类的斗争》的地方，今天新添了《拉普拉塔的博物学家》，它后面还有《追逐微生物的人们》。我对进行这样的确认感到满足——这和报刊连载小说所具有的、一旦开始看就会一篇不落地看到最后的强迫感很相似——看了一圈之后，我感觉室内太热了，就脱掉了雨衣。

万万没有想到，在脱雨衣这个很平常的动作里暗藏着那样可怕的陷阱。在书店里，书架占据了很大的空间，我的动作又很笨拙。当时脱下来的袖口不知怎么碰到了我的右眼，那只是一瞬间发生的事。周围突然间变暗了，而且看什么都朦朦胧胧的。我右眼视力好，左眼靠不住。这下可糟糕了，就在这个念头闪过时，右眼珠啪嗒掉了出来。

我伸出的手没能接住它，我以为右眼珠会落到地上，但它的移动方式很奇妙——因为我用的是连东西轮廓都看不清的那只眼睛看的——它不知何时消失在了书架附近。所谓不知何时的意思是，看上去它似乎没有落在那一带，也没有撞到哪里，而是慢慢悠悠地消失的。这是从未遇到过的事态，使一向镇定自若的我也慌张起来。这可不是胳膊的一部分，或大腿的一块肉，丢失的可是眼睛啊。我对于眼睛会被什么东西撞到或是丢失毫无心理准备，剩下的只有左眼了。倘若必须丢失一只的话，还不如给我剩下右眼呢。

我原本打算从书店出来后去坡路下面的银行的，现在根本别想去了，我要找回丢失的眼睛。回想起来，肩膀或胳膊的一部分丢失的时候，我都没有这样惊慌失措过。迄今为止，我最害怕的是被人踩到脚。因为如果被踩到关键的部位，就走不了路了。可是这次丢失的竟然是眼睛。我仔细寻找了丢失眼睛的书架一带。纵然我想象过自己的重量早晚有一天会彻底消失，也不曾想到眼睛会消失。我以为直到死去为止，都能够看到这个世界。真是太迂腐了。

可是，即便找回了眼珠，能否马上把它"安上"呢？以前遇到的类似情况是怎样应对的呢？我试图回想第一次掉了"部分身体"的时候是怎样还原的。

第一次掉的是左手腕上的皮。那天正值梅雨时节，天色昏暗。是在公寓的公共走廊上，我从包里把钥匙拿出来的时候。用右手找到钥匙拿出来时，钥匙碰到了左手腕。只是碰了一下，那块皮肤就往走廊的地上掉下去。我慌忙弯下腰，用右手接住了它，然后贴在了原来的地方。当时虽然贴上了，但是好像没有黏合力，刚打开门又掉了，这回不知道掉到哪里去了。这样的情况不止一次地发生，我的身体就像坚硬的奶酪，又像是拙劣的黏土工艺似的，变得越来越破烂不堪，只剩下面孔好歹还平安无事，可是话又说回来，那些脱落的"部分身体"到底跑哪儿去了呢？

就连在思考这些的时候，我的手仍然在眼睛消失的那一带书架的缝隙间摸索着，并且把一本本书拿起来翻看，会不会夹在书里。没有找到眼睛，然而，有个像吃了一半的面包块儿样的东西突然冒出来，被吸进去似的进入了我打开的书里。当然，那东西并不是面包，而是某个部位丢失的"部分身体"。部分，单独看的话，不知是哪个部位的部分。它进入书里之后会被收纳在哪里呢？我从那个书架上拿出一本书，就像寻找夹在里面的书签似的哗啦哗啦地翻着书页，可是什么东西也没有掉出来。

在这段时间里，也有其他"部分身体"跑来了，它稍稍扭曲着身体，挤进书里去。它并非很轻松地挤进去的，而是显得很苦恼地把自己拧进去的。各个"部分身体"所去的书架似乎是已经固定了的。用这样的眼光来看，这些跑来的"部分身体"里可以说具有"适合那个书架的根据"般的东西。每一个书架大概都有一个个性，那个个性在呼唤进入该书架的书，而那些书在呼唤"部分身体"吧。各个书架，都有着各自不同的个性。我仿佛明白了自己为什么每天乐此不疲地来这里看书架了。

一个书架快要被摆满了。就好像是七巧板的最后一片似的，我觉得自己知道排列到那个书架上的最后一本是什么书。

从玻璃墙射进来的阳光渐渐掺杂了深棕色。我用剩下的左眼看着逐渐变得蒙眬失去轮廓的世界。我感觉曾经是零散的书籍被收敛到一个书架上去，仿佛组合成一个更大的整体。我手里拿着的书不知不觉掉在了地上。那本书直击我的脚面，不偏不倚正好砸在脚的残余部分上。我感到地面塌陷般的冲击，颓然倒在了地上。"妈妈，救救我！"这句话并没有喊出来，而是像弹出的球那样在我的体内器官之间来回弹跳着滚落下去。四周的深棕色转眼间将夜色变得浓重了。我连自己的轮廓都看不清楚了。我究竟在走向新生还是走向死亡？或者只是从这个状态朝着另一个状态"苏醒"而已？我正以倾注外侧和内侧所有存在物的密度，做好移动的准备。

旅行袋里的东西

1

我提着旅行袋走在车站里的时候，一个不认识的女子对我说："啊，你看，有什么东西掉出来了。"

这个旅行袋原来是喜好旅行的叔父的。叔父去向不明后，过了很多年，祖母把这个旅行袋给了我。当时里面装着不知是什么外语的外国旅游指南、餐厅菜单、歌剧望远镜、旅行枕等等杂七杂八的东西。不过，这些东西都不太占地方，旅行袋还有不少容量。歌剧望远镜、旅行枕或旅行电壶等，旅行时确实是用得着的东西，我就没有把它们扔掉，又往里头塞了几样自己用的东西，一直在使用。外侧虽然有几个小口袋，但一向大大咧咧的我并没有仔细查看过，对于不习惯使用那些口袋的我来说，它们就等于不存在。

"你看，有什么东西掉出来了。"我回过头去，对我说话的不认识的女子，没有看我的眼睛，蹲了下来，直勾勾地盯着看。到了这个地步，我也不能说一声"哦，谢谢"就走开，便抱起旅行袋："哟，怎么了？""有什么东西掉出来了吧。"她指着那个异常的地方让我看。那个不认识的女子在我抱起旅行袋的同时，就像旅行袋的附属品一样也跟着站了起来。"啊，真的。"只见从旅行袋里掉出了一根绿色的藤蔓。"这豆子，是从哪儿弄到的？"女子低声问。"豆子？""是啊。"我本来就一头雾水，加上这位女子神经兮兮的，就客气地告诉她：

"我现在得去买东西回家。"然后快步离开了那里。谁知女子跟在我后面走起来,宛如旅行袋的附属品一般,毫不犹豫地跟着我。"那个……""你不用介意,我很会买东西的。""是吗?""你要买什么东西?""做晚饭的。""哟,我可是最会买海带了。""是吗?""海带不需要吗?""嗯,今天不用。""真遗憾。"女子露出非常遗憾的表情。"啊,对了对了。"我突然想起旅行袋里露出来的那根藤蔓,想把它揪掉。"你要干什么?不要揪它。怕你乱揪,我才不放心,跟着你的。"女子剑拔弩张地呵斥道。我觉得自己好像做了什么大逆不道的事情似的,顿时打了蔫。"你不买东西了吗?"女子问。"不买了。"我赌气地走在街道上。前面的公寓就是我住的地方。我噔噔噔走上了外挂楼梯,没听到后面跟着上楼梯的声音。看来她还不至于追到家里来,我松了口气,用钥匙开了门,正要进去,那个女子先一步进了屋。"这儿不是你的住处吧?"女子看了一圈说道。"这是我租的屋子。""啊,原来是这样。好了,可以打开旅行袋了。""等一下,请不要随便进入别人的家里。""我没有随便进来呀,我不是大大方方地当着你的面,一边跟你说话,一边走进来的吗?""倒也是。不过,这就不算随便闯入了吗?""好了,赶紧把旅行袋打开吧。""稍等一下。我刚刚旅行回来,正打算好好休息休息呢。你为什么要看我的旅行袋?""上小学的时候,你是不是去写生,画过风景画?""是啊。""还发生过这么一件事吧。当时,你把调色板忘在草地上了,对吧?""听你这么一说,好像也有过这回事。""那个调色板上涂了好多绿色。""好像是吧。""我就是为了告诉你这件事,一直在寻找机会。""你到底是谁?"

2

在河滩上放飞的航模一边喷吐着烟雾一边飞翔着，刚才我的脑子里不知怎么浮现出了这样的场面。

"你先听我说。当时航模不是一边喷吐着烟雾一边飞翔着吗？"是的，可是为什么会这样呢？她仿佛能看见我在想什么似的，继续说："所以，带队的老师喊起来。""啊，我想起来了。她喊的是'危险'。那位老师的名字是……""这个都不重要，请继续往下回忆吧。你只是往调色板上涂抹绿色颜料，而且涂了好多。如果马上把折叠调色板合上的话，那些绿色颜料便会沾满了其他部分。你不喜欢这样，想等颜料稍微干一些再合上，就去收拾东西了，这段时间，就让调色板一直打开着摊在草丛里。""啊，后来我就忘记带走了。啊，是这么回事，必须去把它拿回来。""为什么这么多年你一直执着于绿色，现在明白了吧？走吧，别忘了拿旅行袋。""为什么？这个旅行袋原来是叔父的。""可是叔父是从婶子那里得到的呀。""我没听说过这个事。""这是真的。""那个，等一下。你怎么会知道这些？""这个不是现在要解决的问题。""旅行袋已经塞满了。""你到底都去哪儿旅行了？"于是我回想起迄今为止我都去过哪些地方。

我曾经开车去过挪威的罗弗敦群岛最边上的镇子，那时也带着叔父的这个旅行袋。那是个叫做零的村子。真是名副其实，北极圈的那个村子即是很长很长的街道的终点也是起点。犹如从半岛上散落下来般的几个小岛，由被叫做 E10 的道路连接着，宛如海上漂浮的一些浮标通过海底隧道和大桥连接着一样。墨西哥暖流经过的那个海域，冬天也不结冰。由于盛产鳕鱼，数九寒天这地方也很热闹，但夏天十分清静。因浮游生物而富饶的海水颜色很深，呈浓重的群青色。家家户户的墙壁就像涂了鳕鱼血似的红彤彤的。光秃秃的山上覆盖着青苔似的绿色，我走的就是这样的路。即便是这样的秃山，在这夏日也是满眼绿色。我在途中停下车，坐在岩石上吃三明治。"那个旅行袋里带的?""不是，是头天晚上请旅店的人给我做的。那个餐盒放在副驾驶位子上。""不过，你也打开了吧?""啊？打开什么?""旅行袋呀。""是啊，可能打开拿过什么东西吧，比如旅行指南之类的东西。""我就说嘛。"女子得意地点点头。"然后呢?""能走多远我就走多远，于是朝着罗马进发了。"

"然后呢?""我去了天山山脉的南麓，穿过塔克拉玛干沙漠，前往罗马的路是天山南路。公路两边都是沙地，要不就是沙子堆成的砂岩，在没有任何生命迹象的光景之中，绿洲突然如同照亮黑夜的光明一般出现了。出现了一条白杨林荫道。那是个叫做库车的城市，是古代龟兹国的首都。白杨树的翠绿色让我感到获得了新生。""是在那里打开的吧?""什么?""旅行袋。""啊，是的。好像是打开了。我想在白杨树下乘乘凉，休息一下。这时迅速打开旅行袋，取出了毛巾，我想湿一下毛巾擦擦脸。是的，那个时候打开了旅行袋。这条路果然是通向罗马的。"

"就这样抵达了罗马？"

"是啊。前往罗马的阿文丁山丘的途中，有一个广场。是圣马耳他骑士兵团广场。四周是又高又长的围墙，我从铁门的钥匙眼儿能看到里面庭园的一片绿色。犹如给钥匙眼儿里镶边般的浓绿色植物的前方，能看见正中央空荡荡的空间里的梵蒂冈圣彼得大教堂。从钥匙眼儿往里看，它就像绿色的结晶体。""在那里你也打开旅行袋了吧？""那是当然了。""为什么？""为什么，因为叔父也曾经这样做的呀。""他是怎样做的？""你到底是谁？"

3

"那次去写生远足时,你在调色板上涂了满满的绿色,到底想要画什么呢?用铅笔素描之后,该涂颜色的时候——你正要往只有黑白轮廓的世界里涂上绿色的时候。就在这时,冒烟的航模飞来了,对吧?""是的。""是谁操控的呢?""不知道。""带队的老师喊你了。""是的,对大家喊。""喊什么了?""不知道。他喊的是什么呢?""你想不起来他对你说什么了吧?这种事在旅行中也有过吗?"

"应该有很多吧。因为那个国家的语言,很多我都听不懂。"我站起来,从冰箱里拿出可长期保存的盒装牛奶,全都倒进了奶锅里,打开了小火,心里琢磨要不要给这个女子,如果只是自己一个人喝,毕竟有点难为情,就在托盘上放了马克杯和茶托和茶杯,然后用电壶烧了开水。"这种事,遇到过吗?不知道别人在说什么的情况。"女子又问了一遍,我只好一边思考着一边回答。

"我记得,深夜在繁华街道的黑暗胡同里的垃圾箱旁边,听到有人说话。虽然是悄声说话,但随着我的脚步声走近,声音越来越大了。刚走到跟前,说话声突然中断了,原来是两只猫。它们瞥了我一眼,露出不屑的表情,我刚走过它们身边,又立刻开始说话了,就好像看到的不过是个小毛孩子似的。在街灯下,虽然看不清楚,但可以肯定它们是黄黑色杂毛猫和雉纹猫,其中一只尾巴特别短。尾巴尖隆起,想必是因为什么事故被切断的。""是在哪里遇到的?""记不清了,大概是罗马吧。""后来呢?""对了,后来看到在库车的白杨树林荫道间,骡子拉着车走过去。当时骡子也和戴着帽子的赶车农夫在说什么悄悄话呢。他们不时地瞅我一眼,很亲密的样子。""说什么了?""记不清了。""又被说是小孩子了?""什么又被说了?""你刚才不是说被那两只猫看成小孩子吗?""是啊。""这么说,其实你就是个孩子了?""我不明白你为什么这么说,我当时是这么想的。就是这样。""算了,不谈这个了。后来呢?""什么后来?啊,就是被人悄悄议论,却不知道是怎么回事的经历?对了,这么说来,我在零附近也遇到了。在海边嬉戏的两只渡鸦瞧见我,跟我嗨了一声,然后就耳语起来。我虽然不觉得它们讨厌,但是会猜想它们在说什么。""那你问问,不就知道了。'你们说什么呢?'就这样问一句。噢,对了,语言不通,对方是乌鸦呀。""那么语言不通的只有猫或骡子或乌鸦吗?人类也同样不可能沟通呀……"我忍不住自言自语着,然后重新盯着对方看。她穿着犹如乌鸦破损的长羽毛般的黑色大衣,虽然在室内,也不打算脱掉。这件黑色大衣不是我的东西吗?她那黑黢黢的眼珠和结实的颚骨,看着很眼熟,可就是想不起来她是谁。"你到底是谁?"

4

"带队的老师对你喊叫。""是的,对大家喊。""不,是对你喊的。""啊,是这样。她对我喊叫。""喊的是什么?"我感觉牛奶好像开了,就站起身来。"她喊的是什么呢?"我一边往马克杯里倒牛奶,一边回想。她喊的是什么呢?想不起来。我把绿茶叶放进茶壶里,把水壶里的开水倒进去。把茶壶和马克杯和茶杯一起放在托盘上,端到桌上来。"我想不起来。""这么说你一直在旅行了?""是的。""为什么呢?""因为得到了叔父的旅行袋啊。我一直在去罗马的路上。朝着那绿色结晶,以及其远方的圣彼得大教堂。""以后怎么打算的?""和你说话才知道的,我得回去找调色板。"我倒了杯茶,端到她跟前。"谢谢。"她微微歪着头,道了谢。"让你费心了,可是我晚上不喝茶,以免摄入咖啡因,晚上。""哟,我也是。不过,现在不是已经无所谓了吗?"我这样说道。为什么这么说,自己也很纳闷。"你到底是谁?"

5

"好了，去找回调色板吧，然后就能打开旅行袋了。"女子突然站起来说道。"不就是个旅行袋嘛，现在马上就可以打开呀。""那就打开吧。""我只是不想在你面前打开。""那么，现在就赶紧去找调色板。""即使现在去，那东西也找不回来呀。"我的声音变成了哭腔。"不可能找回来。""那么，还没有涂色的风景呢？调色板上的那么多绿色呢？""那些颜料如今已经干枯，变成泥土了。还没有被涂色的风景这世界上多的是。你真的去罗马了吗？""是啊，去了。""不对，你去的不是罗马。""那你说我去的是什么地方呢？你到底是谁？"

6

"如同所有的绿色都是化学合成的必然结果一样,你应该也是向往绿色的。你不能说没有意识到。说什么去罗马,真叫人笑掉大牙。""虽说所有的绿色都是必然的,我为什么就一定是那样的呢。""那是当然了,你是一门心思直奔那里去的,否则我也不会这样出现在你面前。"穿着黑色大衣,有着一对黑色眼珠的和我一模一样的女子阴森森地笑着。"好了,赶快打开那个包,让自己自由吧。"

我拿着茶杯的手剧烈颤抖着。打开这个旅行袋的话,我会怎么样呢?我的叔父到底发生了什么呢?我确实去了应该去的地方。没有把旅行袋里的东西扔掉也是没办法的事。人不可能那么容易做好准备,总是会落下什么东西的。

"稍等一下。"我喘着粗气。

"要是觉得紧张的话,就喝牛奶吧。""你是从什么时候开始跟着我的呢?""我一直在你旁边呀,只是你没有意识到罢了。""去零的时候你也在?去库车也在?去罗马也在?""是啊。""到底是从什么时候呢?""航模一边冒烟……"我们俩齐声这样喊道,然后,笑起来。"对,航模一边冒烟,一边朝这边飞过来。领队的老师朝我叫喊。我处在逆光的位置,航模变成了黑影……""对,就是从那个时候开始的。"

"哦,原来是这么回事。"

我放松下来，放下茶杯，双手捂住了脸。原来是这么回事啊，我一直不知道，没有意识到。这么一说，这些年来发生的很多怪事也可以解释通了。由于太吃惊了，我这样捂着脸过了好久，忽然想起一件事，从分开的手指缝里瞅着她问。"那么，你怎么那么会买海带呢？"她不解地问："我说过这话吗？""说了呀，在车站里。""啊，我的确很会买海带噢。会买煮汤海带和料理海带。煮汤海带，顾名思义，就是煮汤用的海带，要挑选肉厚的那种。料理海带就是用于做寿司卷之类的薄海带。要看色泽啦，硬度啦，以及性价比等等来挑选。产地也很重要。"我恨不得抱住脑袋。"为什么会知道这些呢？我自己也不知道。"和我一模一样的女子很为难地说。"怎么会知道呢？你到底是谁？"

7

"打开那个包吧,这样你就都明白了。"女子一心想让我打开旅行袋。绿色的藤蔓还耷拉在旅行袋外面。我想要把它揪下来,却被女子严厉地阻止了。"可是,这样耷拉着太难看了。""里面装满了绿色呀,这是你对绿色执着的结果啊。""虽说确实如你所说,不过知道了起因后,我才能够理解了。""太好了。那么,把它打开吧。""即便打开,里面也没有什么像样的东西。几本书、词典、换洗的衣服、一点化妆品。啊,对了,还有叔父留下的一些东西。""不可能的。这个是什么呀?"女子用手指玩弄着绿色藤蔓。真是搞不懂她。里面到底装着什么呢。可能装着航模,或是绿色颜料弄脏的调色板,或是白色的烟吧。也说不定是在意想不到的地方失踪的叔父吧。"说的也是啊。""认真地思考一下吧。""思考也没有用了。""告诉你,说什么打开包的瞬间,我就和你合为一体,我可不干。"女子好像有些不高兴:"你干也好,不干也好,只能顺其自然呀。要继续前进,如果只有这一条路可走的话。""所以说没有必要继续前进呀。"听我这么一说,女子快要哭出来了。我怕她哭,就安慰她说:"我只是想告诉你,可以选择的路其实有很多,不应该一条道走到黑,"并且循循善诱道,"想要哭也没关系,真正的哭泣,说明你已经是大人了。那么,我就打开了……打不开。""怎么会呢?我看看……

打不开，奇怪！我估计是装满了豆子的缘故。"女子歪着头嘀咕着。"豆子，是什么？是杰克与魔豆？去那个，云上的国家？"我一连串地追问道。"反正都差不多吧。你从阿文丁山丘的宅邸的钥匙眼儿里看到的绿色结晶体里面的，并不是梵蒂冈圣彼得大教堂，你去罗马的事其实是……"

我无语了。"太可笑了，云上的宫殿？"我差点儿这样说出来，转念一想，又觉得似乎并非不可能的。我泄了气，呵呵呵笑起来。女子也跟着我笑起来。然后我站起来，又去烧开水了。

喝咖啡吧。在夜晚好好喝一次咖啡吧。非常浓的咖啡。到时候旅行袋就能打开了吧。然后咱们再谈一次。关于今后的事情。

同款短大衣

我有个比我大两岁的姐姐。

只有兄弟的妈妈,对姐妹似乎有着某种特别的憧憬。我刚刚懂事时,穿的第一件冬天的短大衣,就是和姐姐一模一样的暗淡的橙红色。蹒跚学步的我和三岁的姐姐无论去哪里,(据说)都会听到人们的赞美:"哇,姐妹俩穿得一模一样。好可爱啊。"

爱哭的我,只要出门在外,一旦看不到姐姐,便立刻咧着嘴大哭起来,一边哭一边喊着"姐姐"。就像磁石一般,穿着同样短大衣的姐姐便不知从哪里跑了过来。我抓着姐姐的短大衣下摆,更加大声地哭号。这样的场景,似乎也让妈妈很满足。

仅仅如此的话倒是司空见惯的事,可问题是,这样的短大衣妈妈竟然给我们姐妹俩准备了大小不同的九件。尽管我很奇怪怎么会买到这么多同款短大衣,但是,在那个面向儿童的品牌店里,确实可以买到九件不同号码的那种同款短大衣——橙红色、白扣子、A级品。

妈妈的理由是这样的:

只买两件的话,妹妹长大了,可以穿姐姐的短大衣时,姐姐就必须买其他的短大衣了。如此一来,姐妹俩就不能"一模一样"了。若要考虑节省,把姐姐穿小了的短大衣给妹妹穿,逢年过节时,还可以继续兼顾美丽的"姐妹花"的话,就只有在购买同款短大衣时,买下所有的尺寸了。"这样虽然花费很大，但从长远来看是很明智的投资，所以，我跟娘家借了钱，买下了所有尺寸。"妈妈很得意地说。不知道妈妈算不算富有想象力。只能说是想象力太丰富，同时也太贫乏吧。

上小学时，我已经开始感受到了这种无可逃避的宿命的沉重，一到秋天就变得忧郁起来。脑子笨的朋友还以为我一直在穿同一件短大衣呢。无论我长高多少，短大衣总是追随着我。虽然姐姐也同样有这种绝望感，但比我多少还好一些。因为（虽说是同色同款）姐姐总是穿新的。

"新的有什么好的，"后来姐姐满脸愤懑地说过，"只要是新衣服就好，简直是胡说八道。你想想看，从崭新的状态穿起，经过很多日子的磨合，终于在某种程度上开始适合自己了，可是，又一件崭新的同款衣服出现在自己眼前，又必须从头开始跟它磨合呀。这简直是被迫'重起'呀。你多好啊，和上次穿的并不是完全一样的衣服吧。"

姐姐说的也的确是这么回事。短大衣因为些微的"变旧"或"走形"，每年都有所不同。当然，这些不同是除了我们俩之外，没有人会意识到的。

我穿过的最大的一件短大衣，几乎是全新的。十六岁的姐姐，对这种短大衣实在是忍无可忍了，用自己积攒的零花钱偷偷买了自己喜欢的冬用外衣，穿着它过了两个冬天。于是我得以穿上了最后一件"几乎是新的"短大衣。穿着那件短大衣去参加旧友熟人的聚会，的确令人厌倦，但除此之外的场合，就是说与人初次见面或第一次出席聚会等，我倒是不像姐姐那样厌恶它。

说实话，那件短大衣很适合我穿。

而且，更悲催的是，那种短大衣并不太适合姐姐穿。姐姐比较像男孩子，适合穿中性的服装。姐姐一穿上那件短大衣，就像个龌龊的男性，却穿着女装似的。姐姐也很有自知之明。我们姐妹俩有着同样的遗传因子，可见上帝有时候也会做出残忍的事。我终于逃离了穿姐姐的旧短大衣的宿命，感受到了与姐姐不同的人生。

姐姐高中一毕业，就去了南美。她一直对印加帝国充满兴趣，向往去那边巡游古迹。在那边恐怕没有穿短大衣的必要了，最后那天，我一边送走穿着短风衣的姐姐，一边茫然想着。

几个月后，那件短风衣和姐姐的其他行李一起被邮寄回来了。姐姐乘坐当地的巴士遭遇了交通事故，丢了性命。

我和家人乘坐旅行社安排的飞机飞往当地，办理完了各种手续，回到日本，直到守灵、葬礼结束后，几个月过去了，这才发觉冬天已经到了。

我打算拿出冬装时，看到了装有那些短大衣的盒子。那里面收纳的都是小时候穿过的那些短大衣。我有些神情恍惚地从里面拿出最小的一件，把大一号的短大衣套在外面，然后再套上一件再大一号的……这样一件接一件地套着，最后就如同俄罗斯套娃那样，像个人似的鼓起来了。最里面的最小的一件短大衣是我的，姐姐没有穿过这件。从第二件开始的几件，底边都有些松懈，那是我经常拽着姐姐的衣襟留下的。姐姐和我两个人的冬天混淆、纠结在一起，仿佛受到姐姐的保护和养育似的。对了，回想起来，姐姐总是想着我。她不想穿最后一件短大衣，说不定，不，肯定是为了从懂事以后就没有穿过新短大衣的我着想,才把那件新短大衣给了我。怪不得当我穿上最后那件短大衣时,姐姐还满意地说过:"还是你穿着它更合适啊。"

每一件短大衣上都留下了微小的污渍或破绽。我把姐姐遗留的那件短风衣套在了除了姐姐和我之外没有人知道的、重叠着我们人生的套娃最外面。

"姐姐!"

就像小时候那样,我这样喊道,不自觉地咧开嘴,穿着小小短大衣的我,揪着短风衣的底襟,哇哇大哭起来。

夏日清晨

夏儿今年六岁了。

"你想要什么生日礼物?"

妈妈问她。

"球根。"

夏儿的回答总是这样特别。

"球根?"

妈妈一时没有明白是什么东西。当她想到是"球根"时,叹了口气。

虽说也知道这孩子不想要一般的玩具,可是,偶尔想要个丽佳娃娃,或是有很多褶皱的衣服也好啊……

不过,妈妈还是调整了心情,微笑着问:

"想要什么球根呢?"

我很喜欢妈妈这一点。

"特别的球根。"

夏儿总是这样说话。很简短,就像记号似的。妈妈必须从很短的词语中设想多种意思。想起来了吗?就是夏儿喜欢的绘本呀。

"啊,那个拇指姑娘的球根?"

夏儿点点头。妈妈终于知道了夏儿想要的东西,原来夏儿想要的是能够长出拇指姑娘的球根。"因为这是一种特别的球根",绘本里这样写着。

"明白了。那个是童话故事,虽说并没有那样的球根,不过,如果是美丽的郁金香球根的话,附近的种苗店头摆出来好多呢。去买东西时,顺便去看看吧。"

夏儿眼睛直放光。(太好了,夏儿。)

买完晚餐食材后,夏儿和妈妈走进了商店街尽头的种苗店。进店时,正好一位浑身散发着香水味的外国女人往外走,和她擦肩而过时,虽然只是一瞬间,她看了我一眼,然后微微一笑。我吃了一惊,随即高兴起来。她戴的银灰色和玫瑰色的纱巾随风飘舞,妈妈出神地瞧着她的背影。妈妈心想,她一定是最近新盖的那座高级公寓里的住户。种苗店老板娘看到熟识的夏儿母子,笑眯眯地说:

"夏天又快过去了。"

"是啊。请问,我记得原来这里摆了很多郁金香的……"

确实直到昨天,满满一筐郁金香球根还摆在店里最显眼的地方呢。红色白色黄色有条纹的,尖头浑圆系着璎珞的,各个品种的郁金香,都附带着一张盛开时的照片,宛如接待客人的甜美微笑。要是有那么多球根的话,即便不是拇指姑娘,也一定会有能够开出夏儿喜欢的花朵的球根的。

"哎呀,你们是来买郁金香的呀。只晚了一步啊,刚刚走的那位客人全都包圆了。"

老板娘很同情地说。妈妈心想,这么说,那个人是住在带小院子的一楼了……

"特别的球根。"

夏儿清晰地这样说着,指着架子上。(没错,夏儿。不简单,竟然认识它。)夏儿指的是雅致的葡萄酒色的底子上有金色线条的很小的巧克力空盒。那是最近新开张的巧克力专卖店，送给附近商店街里的店铺的见面礼。从盒子里面露出了一点点百合根，那是老板娘刚刚从店里的商品中挑出的形状不好看的柔弱的百合根，打算晚上做蒸蛋羹吃的。虽然严格地说，它和作为食用出售的百合种类不同，但味道差不了多少。

"那个吗？"

妈妈有些为难。

"夏儿，那个是百合根噢，和郁金香的球根不一样的。"

妈妈慌忙对夏儿解释。

"特别的球根。"

夏儿一步也不退让——加油，夏儿。妈妈不知该怎么办好，就对老板娘实话实说了。

"你说这孩子，生日礼物，想要球根……真是个怪孩子……"

（不要再往下说了，夏儿在旁边听着呢。）好心的老板娘，把巧克力盒子拿下来，飞快地系上了一条天蓝色的绸带。

"给你，夏儿，生日快乐！这是送给你的，可能不太养活，要好好照料它啊。"

夏儿惨白的脸上眼看着浮出了红晕，接过盒子来紧紧抱在怀里。

"谢谢，谢谢，谢谢。"

妈妈和老板娘相视而笑。妈妈说了好几次谢谢，走出了店门。

夏儿的家是个老旧的日式平房，从大门到玄关有一条镶嵌着沿阶草的小径。前院朝北,稍微有些潮湿。自从爸爸小时候起,这里就没有一点变化。西头种着八角金盘和它旁边苍翠欲滴的大吴风草,东头种着南天竹。格子门旧得出现了裂纹。

后院朝南,所以光照很好。虽然围了一圈山茶花篱笆,但去年爷爷死了之后,开始长毛毛虫,转眼间就泛滥成灾,最后被齐根切除,把篱笆和毛毛虫一起烧掉了。等新芽长成篱笆墙,还得不少时日。

"外面的人看咱们一清二楚的。"

妈妈动不动就对爸爸诉苦。

"还是得用什么东西围起来……而且也不安全。"

爸爸对那个篱笆墙有着儿时的回忆,所以不大情愿用其他东西做围墙。小时候用山茶花叶子把泥巴夹在中间做成茶花饼,或是在篱笆墙中间弄出一条秘密通道来。那个时候真是太好玩了。那时候也常常长毛毛虫,爸爸用一次性筷子把毛毛虫夹到空罐子里,故意在女孩子们面前让罐子掉在地上,爬出很多毛毛虫来吓唬她们。只是,即便长那么多毛毛虫,左邻右舍也没有人抱怨过,总之从来没有这样齐根剪掉过。把毛毛虫全都烧死,简直是大屠杀,太过分了。难道就没有其他方法吗?爸爸每当想到这些就在心里伤心难过。

(那个时候我也很心痛。不过,爸爸,篱笆墙的快乐回忆还在那个废墟里漂浮着呢。走到近旁你就能感觉到,会让人感到愉快。)

"不过,你看,那个公寓盖起来之后,我总觉得有人在看我们。"妈妈诉说。

"你想多了。"

爸爸很简单地下了结论，然后开始看报纸，妈妈只好去厨房干活了。

夏儿家的附近盖起了一座高大的砖瓦（看上去很像）造的公寓，是去年夏天的事。公寓被围在高楼大厦般高大而结实的围墙里，根本无法窥见里面居民的生活。大楼虽然很大，入住者却很少，总是静悄悄的。听说有的人家里还有多伯曼犬的犬舍。

妈妈每次从后院望着那座公寓，都会叹口气。

……虽然不是想要那样的围墙，但至少可以挡住野狗什么的呀……

妈妈一边用铁铲铲狗屎，一边想。

后院中央有一棵樱花树。夏儿在树下的大丽花旁边挖了一个坑，小心翼翼地把宝贝球根轻轻放进去，再覆盖上蓬松的土，四周用石子围上作为标记。夏儿每天给它浇水，她的热心令妈妈有些不安。夏儿莫非真的在期待拇指姑娘？不会吧……

不久，刮起了寒风，树木的叶子都落光了。夏儿家的院子里也都变成了没有生气的枯黄色。唯一可以看到的花，也就是圣诞玫瑰低着头开在枯萎的大丽花丛之间。夏儿才六岁，所以不喜欢这种花的晦暗颜色。夏儿一边给它旁边的小石子围着的百合浇水，一边想，真是不怎么好看的花呀。（不过，夏儿，圣诞玫瑰具有冬天的高雅、耐寒抗冻的能力。从数九寒天之时放射出来的淡淡而深沉的真实之光，你早晚也会看到的。）

严寒骤然远去，夏儿掰着指头算着春天来临的日子，不久，从柔软的枯草中冒出了百合的嫩芽。淡褐色之中出现的硬质的醒目绿色，宛如恪守和夏儿的约定一般。

夏儿虽然第一次看到出芽，却立刻知道那是什么了。她就像个皮球似的连蹦带跳地去喊正在院子一侧晾晒衣物的妈妈，那是一个温暖和煦的早春的上午，空中飞翔着直升机。

"哇，夏儿。终于出芽了。这就是百合的芽。"

夏儿笑容灿烂地抱住了妈妈。妈妈心里想，啊，真幸福。

……啊，竟然有这样的幸福，真是没有一丝乌云的无比幸福的瞬间……

妈妈瞅了一眼公寓。虽然只能看见四层楼的窗户，但那些窗户也在露台的深处，连个人影都没有。

百合的芽顺利地渐渐长大，与此同时春色也日益浓厚了，夏儿也如期迎来了小学开学典礼。她背上了崭新的皮书包，书包大得简直走不稳，充满期待、紧张和不安。我知道夏儿的心情犹如绷紧的鼓皮一样。不过，妈妈却没有同情心地说："我说夏儿，怎么心不在焉的。"

没多久，百合嫩芽尖向后一仰，从中露出了百合的骨朵。樱花散落的时候，与之呼应一般，百合长大的骨朵也开始绽放了。夏儿心神不定。夏儿去上学的时候，骨朵开放了一点点，还看不见里面。在学校的时候，夏儿老是惦记着它。一放学，她就跑回了家。背着书包直接跑向后院，去看刚刚开放的百合。

百合花开了细细的喇叭那么大。仿佛令人激动的预感一般，四周弥漫着百合迷人的芳香。夏儿的心脏快要跳出来了。她张着嘴，轻轻地往花里瞅。

拇指姑娘当然在里面，正等着夏儿来迎接她。多么白皙的身体，多么纤细的手脚，梦幻般又大又黑的眼睛，玫瑰色的嘴唇。

这种时候，应该说什么呢？夏儿说不出话来。二人只是目不转睛地互相对视着。

"去家里坐坐？"

夏儿声音嘶哑，好容易才这样说道。拇指姑娘点点头。夏儿屏息静气地伸出手心，拇指姑娘慢慢地移动身体，保持着坐姿移动到了夏儿的手心里。百合香气更加浓郁了，几乎感觉不到分量，仿佛透明的风一样的拇指姑娘。轻轻地轻轻地，夏儿非常小心地把她送到自己的房间里。为了这一天，夏儿早已准备好拇指姑娘使用的空间——漂亮的点心盒子里铺着淡青色手帕，上面摆放着用淡紫色绸子布头包裹着脱脂棉的床铺。夏儿把她轻轻地放在了床铺上面。

"我的名字叫夏儿，"夏儿把脸稍稍贴近她，慢慢地轻声说道，"你的名字是……"

她的名字早已想好了。夏儿一直觉得自己的名字比自己本身稍微强势了一些。爸爸和妈妈希望她具有夏天的强大生命力而起的这个名字，但是，拇指姑娘要是出生的话，一定给她起名叫春儿。夏儿打定了主意，可是，不知道她是不是喜欢这个名字。

"我可以叫你春儿吗？"

春儿点点头，莞尔一笑。于是百合花香在四周摇曳起来，春儿果真就像春天的精灵一样。

这时妈妈从隔扇探进头来对夏儿说：

"怎么了，夏儿，回来也没有打招呼。"

看见回过头来的夏儿脸红了，妈妈觉得很稀奇。

"妈妈，那果然是个特别的球根。长出来了，你看。"

不用说，妈妈看不见。这个世上有很多人，有多少人看世界的方法就有多少种。比起这个来，更让妈妈惊奇的倒是夏儿一口气说了那么多话，令她非常高兴。

"长出来了，什么呀？"

"拇指姑娘。"

妈妈一听，更高兴了。

……啊，夏儿终于能跟拇指姑娘玩游戏了……

"是吗？那么，妈妈给她做件衣服吧。什么样的衣服好呢？"

夏儿和春儿对视了，心情很激动。

"我和春儿一起想一想。"

"春儿？"

"我给她起名字了。"

"啊，因为是夏儿的妹妹，所以叫春儿吧。"

妈妈很愉快，去厢房干活了。

夏儿的家是L形的，那个短尾巴的地方是厢房，爷爷在那里卧床了很长时间。房间三面有窗户，朝后院一侧有檐廊和拉门。柔和的阳光照进屋里来，爷爷活着的时候，夏儿经常泡在这里，看拇指姑娘的书，玩拼块。爷爷虽然已经没有力气和夏儿说话了，但是每次夏儿来的时候，她都眯着眼睛，不出声地对夏儿微笑。爷爷也好，夏儿也好，都常常迷迷糊糊地打盹，或是发着呆一起度过漫长的午后时光。

爷爷是秋天去世的。檐廊角落的金桂花，即便没有风，也仿佛听到什么信号似的一齐抖落了所有的小花。花儿们以根部为中心画出圆圆的弧形，纷纷落下。夏儿偶然自始至终看到了谢落的全过程。金桂花落下最后一朵花，回归静寂之后，夏儿罕见地想要对谁倾诉这件事，回头一看，爷爷闭着眼睛躺着。

夕阳从隔扇的阴影爬上来，直到妈妈来喊她，夏儿一直一动不动地等着爷爷睁开眼睛。可是爷爷一直没有睁开眼睛。

后来的一切事情，都是在夏儿不在的地方进行的，所以，夏儿至今还觉得自己在等着爷爷在哪里醒过来。

从四月底开始长连休时，比妈妈大几岁的年轻的姑妈（相当于夏儿的姑奶奶）准备带着六年级的儿子来家里玩。妈妈把爷爷去世之后当仓库用的厢房收拾出来给他们住。

自从春儿来了之后，夏儿非常幸福。妈妈给她做的朴素的白色连衣裙非常适合春儿。夏儿在学校里时总是望着窗外，不太活跃，但一放学，他哪儿也不去，直接跑回家来。（夏儿，太好了。）夏儿只要和春儿在一起就特别幸福。春儿还学会说话了呢。一天晚上，夏儿听到枕头边微微发出金钟儿颤抖着鸣叫般的声音。夏儿半梦半醒地睁开眼睛，看见春儿正在瞧着自己的脸。

"哇！"

连夏儿也吃惊得跳起来。

"怎么了，春儿，你怎么了？"

"我想和夏儿一起睡觉。"

假设萤火虫闪烁带有声音的话，恐怕就是这种程度的吧。

夏儿非常高兴，可是一起睡觉，会把这么纤细的春儿压瘪的，所以夏儿把春儿拿到枕边来。

"春儿，你会说话了呀。"

夏儿躺下来对春儿说。

"是啊。因为我想和夏儿说话呀。"

在睡着之前能够和别人说话真是太愉快了。夏儿一边这么想着一边闭上眼睛。

听到夏儿一直在自言自语，妈妈很欣慰……夏儿终于能够流利地说话了，就这样继续练习下去吧。

每天夏儿从学校一回来，就为春儿做这做那。她使用纸盒子或小树枝做小椅子、小桌子，以及像玩偶之家那样的小家具和小厨房。

春儿总是在她旁边愉快地等着东西做好。即使家里来了客人，夏儿也只对包装盒感兴趣，而不是里面的点心，一直在旁边等着盒子。春儿也待在夏儿的肩膀上，同样一直盯着盒子。由于是两个人的视线，非常有分量，妈妈不禁觉得难为情。

"这孩子，现在迷上做手工了……你是想要这个盒子吧。"

于是，夏儿立刻点点头。客人一般都会发出赞叹。

"真是个有创造力的聪明的孩子啊。"

妈妈虽有些得意，但嘴上总是说"哪里哪里，差远了"。（真是遗憾啊，夏儿。）

连休开始后，姑奶奶冴子和妈妈的小表弟友彦君来了。说是姑妈，但和妈妈年纪相近，所以妈妈从小和她就像姐妹

一样要好。令我吃惊的是友彦君。刚一进门,就盯着待在夏儿肩膀上的春儿叫起来:

"呀,好可爱!"

夏儿和春儿非常吃惊。因为迄今为止,没有一个人能看到春儿。不过,就连友彦君也没有意识到我的存在,所以,人的感觉是多种多样的。冴子姑妈和妈妈,还以为友彦君说的是夏儿呢。

"哎呀,谢谢,友彦君。"

妈妈很激动。

"阿友,真是的。"

冴子姑妈有些不自在。

后来春儿对夏儿耳语:"自己的存在得到别人的认可,心情真是愉快啊。"

妈妈和冴子姑妈起劲地聊起以前的事时,夏儿、春儿和友彦君成了好朋友。夏儿苦心制作的小家具,受到了友彦君高度赞赏。

"不过,夏儿,你看,这些差不多都是纸或黏合剂或胶带做的吧,所以不结实呀。我教你钉钉子吧。"

友彦君说着,问了妈妈后,从厢房的檐廊下面找来木工工具和木片,还教夏儿如何使用锯条,用砂纸打磨木板。夏儿嘴比较笨,所以也没有随便乱插嘴,非常认真地学习。

"你们玩得很好啊。"

看到二人在院子里做东西,妈妈很满意地说。

"前不久,还在玩高达呢,一下子变得像个当哥哥的了。"

"现在还是在玩高达呢,只不过最近这孩子对木工特别着迷。前几天还缠着来我家盖房子的木工师傅问这问那,请人家帮着做东西呢。人家说,等你毕业了,就收你当徒弟,他还真当回事呢。"冴子姑妈苦笑着说。

"这也挺好呀,可以不用花钱请别人盖房子了。"

妈妈信口说着。

除了木工之外,友彦君当然还给夏儿讲有关高达的事。

"所谓高达吧,就是打仗用的机动战士。这种大机器人似的机动战士,眼睛部分是操控室,这个男孩子是进入这里操纵高达的。"

夏儿和春儿虽然听不太明白,但是被友彦君的气势压倒,不得不学习高达。

看着在厢房大谈高达的友彦君、眯着眼睛"嘿嘿"笑的友彦君,咦,怎么有点像爷爷的口吻呢?

"春儿,你耐心等一下。我走之前,会给你盖一所特别漂亮的房子。"

"谢谢!"

然后,他果然盖了一所漂亮的房子。是二层楼,屋顶和侧面是可以打开的,里面还有楼梯。

"这可真是玩具小屋啊。"

"这可以说是友彦君盖的值得纪念的第一座房子啊。太荣幸了,是吧,夏儿。"

爸爸和妈妈都大加称赞。

"别捧他了。"

冴子姑妈一副为难的样子说道,其实,她心里并不完全是那样想的。春儿兴奋得在家里跑来跑去,夏儿由于太高兴了,脸颊通红,说不出话来。

留下玩具小屋和高达的回忆,友彦君和冴子姑妈回去了。

过了不久,友彦君寄来了春儿使用的秋千。看上去就像微型椅子玩具似的,但是春儿坐上去会轻轻摇动。

"哇,被风吹动了。真的好像有人坐在上面呢。那孩子,真是有才啊。"

妈妈感叹着。友彦君在信里写道:"我做的只是房子外面的东西,里面的要夏儿自己做了。"

"还挺有做哥哥的派头呢。"

从小看友彦君长大的妈妈不由得微笑道。

从那以后,夏儿干活的时候,春儿总是坐在秋千里晃悠。两只可爱的小手紧紧抓住麻绳,任凭风吹拂着的春儿,简直幸福极了。

一个学期顺利过去了。结业式之后,夏儿像往常一样拿着一张通知单急匆匆地回了家。妈妈微笑着接过来,看着看着脸上阴沉下来。通知单上写着——是个老实听话的孩子,在教室里没有见她说过话,在家里也要给她创造和其他孩子玩耍的机会。

……这么说来,夏儿确实没有叫别的孩子来家里,也没有被别的孩子叫去玩过。没有看到她和其他孩子一起玩过……

乌云般的不安逐渐笼罩在妈妈的心头。妈妈站起来去夏儿的房间,拉开了隔扇。

夏儿六叠①大的房间里一半是以玩具房子为中心的偶人的玩耍场所和小院子。这丰富多彩的牧歌般的风景，难以想象是小学一年级学生做出来的。夏儿使用废弃厚窗帘布做的丘陵、池塘（池子里填着天蓝色的玻璃珠当作水）、通向玩具房子的绿色绸带小路，甚至还做了露台桌椅。房子里面的家具、日用品更是应有尽有！

……看样子，这孩子有点强迫症吧……

妈妈越来越不安。

"夏儿，你最喜欢的朋友是谁呀？"

"春儿。"

夏儿头也不回，一边专心用橡皮泥做小碟子，一边回答。

……春儿？夏儿班上有这个孩子吗？

"那个孩子，是你们学校的？"

"不是。"

"住在附近的？"

"不是。春儿是从百合花里生出来的。"

……啊，想起来了，她好像这样说过。但是，自己以为那只是孩子瞎想着玩的。这孩子莫非真这么想……

春儿注意到妈妈严峻的脸色，吓得躲在了秋千后面。

"不要怕，没事。"

夏儿安慰春儿。

"夏儿，刚才和谁说话呢？"

夏儿没有回答。

---

① 日式房间以叠计算大小，一叠约1.62平方米。

……啊,回想起来,这孩子经常这样自说自话,一个人笑。我总以为是玩过家家……

妈妈的心怦怦乱跳起来,脑子里闪烁着"异常"二字。

"夏儿。"

妈妈轻轻地,却非常坚决地告诉她:

"夏儿已经是大姐姐了,不该再玩过家家了。所以这些玩具虽然做得不错,还是给其他小朋友吧。"

"不。"夏儿的脸色变了,使劲摇头。

"不行,全都给别人吧。以后叫昌子和弓子她们来家里,跟大家一起玩。"

"不。"

夏儿站起来,浑身颤抖着哭闹起来,紧咬的嘴唇变成了紫色。面对从来没有这样哭闹过的夏儿,妈妈也害怕了。啊!这可怎么好。妈妈一言不发地拿来一个大袋子,把春儿的新玩意一股脑装了进去。妈妈也有妈妈的厉害。夏儿哭叫着,扑向妈妈。虽然她根本不是那样的孩子,也拼命地对妈妈又是打又是踢的。不过,夏儿和妈妈势均力敌,所以情况越来越严重。(啊,我也没办法阻止她们。)

这样让人不忍心看下去的可怕场景在这个家里从不曾出现过。头发蓬乱、浑身充满坚决的意志、毫不留情地收走玩具小屋的妈妈,使出自己浑身力气进行抵抗的夏儿。夏儿怎么会有这么大的力气呢?而妈妈的冷酷又是哪里来的呢?夏儿为了保护春儿,妈妈为了保护夏儿,才这样坚持自己的主张的。

但是，最终夏儿斗不过妈妈。夏儿号啕大哭，由于失败和屈辱坐在地上一动不动。妈妈带着心痛的胜利离开了房间。不一会儿，夏儿发现春儿不见了，房间里一下子变得空荡荡的。对一点点空气流动都很敏感的春儿，怎么可能不被刚才的那场恶斗吓坏呢？大概是受到惊吓缩成一团，所以看不见了吧？要不就是逃到哪里去了？

听见妈妈语气生硬地叫夏儿吃晚饭，夏儿仍旧躺在被窝里不出来。妈妈进房间来看到她这样子，只好叹着气拉上隔扇走了出去。一看见很晚才回来的爸爸，妈妈就迫不及待地把发生的事情告诉了他。

"不过，因为这些，你就马上判断孩子异常，也不应该呀。以前也有喜欢一个人玩的孩子啊。我那个小时候死去的姐姐，就是一个人跟娃娃玩，一个人看书的。"

"你说得轻松，要是来不及改了可怎么办？"

"你的眼神有些奇怪噢。还是稍微冷静冷静吧，你等一下。"

爸爸站起来去了厨房，煮开了一杯加蜂蜜的牛奶，倒进妈妈喜欢的厚马克杯里，撒上桂皮，给妈妈端来。爸爸在这方面一向很细心。

"谢谢。"

妈妈双手接过来，发着呆。爸爸又继续吃饭了。

"看看情况再说吧。"

但是，可怜的是夏儿。她侧耳倾听，好像有什么声音，就是那个熟悉的摇铃般的声音。夏儿吃惊地跳起来。

"你在哪儿呢，春儿？"

"在这儿呢，夏儿，在夏儿的身体里呢。"

夏儿惊讶地看着自己的肚子。

"你钻进肚子里去了？"

"是的。这里最安全最舒服呀。不行吗？"

"当然可以了，一直一直待在里面吧。"

夏儿用力说道。没想到春儿还会这一手，真是太棒了。这样夏儿就可以经常和春儿在一起了。

"对了，我就当春儿的机动战士吧，保卫春儿。"

"这样的话，"夏儿感觉身体里好像有和风拂过，"我从夏儿的眼睛可以看见外面。"

"啊，对了，那里是操纵室。"

夏儿高兴极了。她小心守护着肚子里的春儿，安心地睡着了。

虽然妈妈特别担心，但从第二天开始，夏儿又恢复了以往听话的夏儿。和妈妈叫来的附近的孩子也玩得很好。尽管夏儿大多是被动地服从其他孩子的命令，但毕竟是在一起玩儿。妈妈使出看家本事做蛋糕和烤面包圈给孩子们吃，有时候也让孩子们学着做。妈妈的努力奏了效，在暑假期间，夏儿家里由于孩子们而热闹非凡。

不过，夏儿常常发呆。这是由于夏儿的意识集中在身体里的春儿身上的缘故。因为她和春儿并肩坐在一起呢。

不久第二学期开始了，刮起了凉爽的秋风。一天，夏儿和妈妈把同学送回家之后，拉着手快步往家走。这时候，忽然飘来一股那种外国味儿的香水，妈妈发现偶然走在旁边的路人是去年买了一筐郁金香球根的那个漂亮的女人。但是她的脸色好像比去年难看了。

……也许是身体太疲劳了吧。她住在附近,即使跟她打招呼也很正常吧。不行不行,人家还是会觉得奇怪……

妈妈想要给那个变得憔悴的女人鼓劲,为此左思右想。快要走到家门前的时候,妈妈慌忙跟她打招呼:

"那个,今天天气很好啊。"

女人吓了一跳似的看着妈妈,然后脸上绽开笑容说道:

"是啊,真好。"

"天气好,可以干好多事。"

那个人显得更加愉快了。

"是啊,就是就是。"

她这样重复着。虽然只是这样寒暄几句就分别了,但是那个女人还瞅了我一眼,朝我微笑。我的心怦怦乱跳。

第二天,同样是送同学回家的时候,又碰见了那个女人。这回她一开始就朝我们点头微笑。

分别的时候,妈妈鼓起勇气说:

"那个,我家就在这儿,进来喝杯茶好吗?尝尝不受孩子们欢迎的有些苦味儿的巧克力蛋糕吧,我做得太多了,正发愁呢。"

实际上,蛋糕是妈妈特意做的。女人虽然毫不惊讶地听着,但视线一度离开妈妈,很明显地看着我微笑,然后又转向妈妈。

"真的不打扰吗?"

"不打扰,不打扰,请吧。"

她和妈妈在面向后院的檐廊上的沙发上坐下来喝茶。夏儿和春儿虽然将注意力都集中在客人身上,却假装在做作业。

(春儿,你怎么看,这个人?)

(很漂亮。不过,好像不太幸福。)

(总觉得有点不像是普通人。)

(哪儿不像?)

(说不清楚。)

(我进不去她的肚子里,外壳特别硬。)

外壳这个词,春儿是从友彦君讲的高达那儿学来的。

"我住在附近的公寓里,我姓斋木。"

"嗯,我见过您。去年,在种苗店你买了郁金香球根吧?"

女人爽朗地笑了。

"是的,那些郁金香繁殖得太快了,我想看到满院子的郁金香,就像在荷兰时那样……啊,我开了一家西洋古董店,所以,进货时常常去那个店。不过,我真笨,完全忘了球根会增多的……所以现在,还有两个纸箱子的球根在柜子里睡大觉呢。"

球根会增多!夏儿和春儿一听,立刻坐不住了,最后忍不住站起来,直奔院子,去看那个百合花。

瞧着她的背影,斋木女士笑了。

"真羡慕啊。安静的住宅,可爱的孩子。"

听到这意料之外的评价,妈妈吃了一惊。

"破旧的老房子了。老公不发话,也没办法安装窗户,很少见吧。而且这孩子也不让人省心……"

"那个孩子的话,您不用太担心的。她身边还有个那么好的守护神。"

她说完，直愣愣地看着我，微微歪着头，仿佛在说"是这样吧"似的。你说的那个守护神，是我吗？完全没有这个精神准备的我，着实被吓到了。和我同样吃惊的是妈妈，她对自己邀请来的客人突然间感到不安。斋木女士似乎意识到了，若无其事地换了个话题。

"这个蛋糕很好吃，是怎么做的？"

好容易恢复了镇定的妈妈仔细地说起了制作方法。

夏儿在樱花树下细致地找了半天，那个百合根岂止是没有增加，连影子都看不见了。夏儿失望地回到房间时，恰好斋木女士说着感谢的话，站起来要告辞了。

"真是太谢谢您了。昨天……"斋木女士说到这儿，又朝我笑了笑，"您跟我打招呼，我特别高兴。因为最近我总觉得没有自信在这个城市住下去。今天还承蒙您招待了蛋糕，我觉得精神好多了。"

"太好了。有时间您随时可以来做客。"

妈妈由衷地说。妈妈把斋木女士送到玄关，当斋木女士说着"回见"，要推开格子门时，妈妈突然对她问道：

"刚才，您不是说这个孩子有个守护神吗？莫非您能看见它？"

斋木女士放下推门的手，回过头来。

"有时候能看见，有时候看不见。我不是经营古董的吗？所以，对于阴暗的东西，尽可能避开和它们同样的波长。不过，这位的情况——"

斋木女士对我友好地微微一笑。

"因为闪烁着光芒,所以不由得被它吸引了。"

被勾起兴趣的妈妈又刨根问底地问了我的相貌、年龄,等等。斋木女士描述的我,不知怎的触发了我的乡愁,不由得听入了迷。不过,对我看得这么清楚的斋木女士,也没有意识到春儿,友彦君虽然看到了春儿,却没有看到我,可见真是什么样的人都有。

那天晚上,夏儿和春儿睡下后,妈妈立刻对下班回来的爸爸讲了今天的事。

"真是一位漂亮的女士啊。不过,她有些与众不同……"

"你这么随意地请陌生人来家里,疏于戒备啊。万一是坏人怎么办?"

爸爸非常严肃地说。

……要是这么说的话,那个篱笆墙更是疏于戒备呀……

妈妈在心里反驳。

"她说夏儿身边有个守护神呢。"

妈妈不予理睬,飞快地说道。

"还说所以不用担心。"

"怎么又说这种不着边际的事……"

爸爸不高兴了。

"她描述得非常具体呢。年龄十三四岁,娃娃头,露出大奔头,眼睛很有神,等等,还说穿着胭脂色的套头毛衣、方格裙子,还有,好像是白色的袜子。"

爸爸的脸色眼看着变得柔和下来,停下吃饭的手,轻轻地问道:

"……还有呢?"

"她说，那个人死得很高尚。"

沉默了许久，从爸爸的眼睛里扑簌簌落下了大颗的泪珠。

"……她是我的姐姐。"

爸爸的名字叫"卫"，小时候我们常常一起玩。使用山茶花叶子玩过家家，做泥饭团。可是渐渐地卫君和男孩子们一起玩的时候多了。我们小时候，山茶花篱笆墙根旁边有一条很宽很深的河沟。大人说很危险，不让我们去那儿玩。一天，下起了罕见的瓢泼大雨，久久不停，从学校回来的卫君，一直呆呆地看着水流汹涌翻卷的那条河沟。那涛涛的浊流令他难以置信。后来，一不小心，卫君脚一滑，掉进了水沟。他拼命地抓着山茶花树根，挣扎着想要站起来。但是水流很急，不被冲走已经很不容易了。恰好这时我从那里经过，我拼尽全力要把卫君拉上来。可是，卫君的手松开山茶花树根的瞬间，我和卫君一起被冲到了河沟里。被冲走了十米左右时，我好容易用自己的身体挡住卫君不被冲走。快爬上去。卫君拼命爬上岸去，最后一个动作踹到了我的身体。卫君一心想要逃生，绝不是故意的。没关系的，卫君，不要这样责备自己，这是没有办法的事。我又被冲走了，后面的事就记不清了。

现在看来，活着的时候发生的事就像做梦一样，只有模糊的片断的记忆。也许我现在在做梦吧。醒来之后，会看见卫君正在旁边的床铺上，露着小肚脐睡觉吧。

从那以后，那条河沟被盖上了盖子，后来修了路，完全被埋在地下了。

秋色已深,早晚很冷。

在夏儿的小学里,每天早上全校儿童都要做操,跑步。寒冷的早晨,冻僵的小手,白色的气息。如果不精神集中地排出整齐的队列,马上就会被手拿麦克风的老师训斥。体育系出身的有着严厉目光的老师划分的校园,哪里都没有夏儿待的地方。所以说,夏儿是高达。即使挨训,也要用光盾把对方撞倒。在机动战士的城里,和春儿一起抱着膝盖,躲过敌人的攻击。待在这里最安全。不时跑到控制室的眼睛那里,眺望外面,然后急忙返回。柔弱的容易受伤的春儿。不过,只要在机动战士夏儿的身体里就可以安心。

一天,夏儿放学回来,看见玄关外面放着两个纸箱子。妈妈打开一看,是成堆的郁金香球根,还有一封信,是斋木女士写来的。"我要去欧洲一些日子,春天之前可能回不来。可以拜托你们培育这些郁金香吗?"

"哎呀,这可真是让人又高兴又为难啊。把它们种在哪里好呢?这么多郁金香,院子会种满的。"

"山茶花旁边呢?妈妈,种上一大排。"

这是春儿出的主意。

"对呀,不知会种出几排呢,不过,那样的话,不会影响其他植物的。"

妈妈和夏儿花了三天时间,沿着山茶花篱笆墙内侧,围着院子种了一圈,把两个纸箱子的郁金香球根都种完了。

这是夏儿的机动战士正常发挥机能的最后的样子。

从第二天开始，夏儿的班主任安井老师开始休产假了。安井老师对于夏儿在课上呆呆地看窗外，一般都不说什么，对于最容易受人欺负的夏儿的笨拙动作，她也不露痕迹地留意不让同学们过于关注。但是，替代她的寺内老师，虽然同样是女老师，却是一位更重视纪律的老师。她雄心勃勃，充满了要在安井老师不在期间，把这个班变成优秀班级的责任感。因为寺内老师需要对她本人的好评价。她若是能够摆脱这样的枷锁，会更加快乐的。

当然，对于夏儿的要求，和安井老师的时候是无法相比的。就是花整个午休时间，夏儿也吃不完午餐。体育课换衣服，大家已经在校园里排好了队，夏儿仍然换不完。上课时，不管说夏儿多少遍，她还是望着窗外。每当这些时候寺内老师就心情烦躁，对夏儿说好些挖苦嘲笑的话，最后甚至给夏儿起了个"懒虫"的外号。寺内老师好像觉得夏儿特别碍眼似的。由于不管寺内老师说的话多么难听，夏儿都没有什么反应，于是寺内老师的责骂愈加频繁，日益升级了。

难道夏儿真的没有反应吗？其实夏儿的机动战士总是处于高度戒备状态，一直在放射光能，举着光盾的。夏儿已经完全变成了机动战士，移动的时候，必须操作侧推器；翻书的时候，必须启动机械手才行。因此比起以前来，夏儿的动作变得更加生硬了。但是，这些表现在寺内老师看来，则显得十分抗拒。

夏儿突然开始那可怕的石化是临放寒假之前。机动战士的装甲材料也许因为承受不了其剧烈使用，急剧朝着内部发生了化学变化。逃跑吧,春儿。变化之流冲击着夏儿身体里的春儿。春儿,赶快逃跑吧!夏儿非常焦急。可是,她什么办法也没有。就连自己的动作都无法随意控制,怎么可能控制身体里面呢。或许恰恰相反,如同睡觉时把可爱的小猫压死的爱猫者,诅咒自己的身体一样,夏儿日夜悲叹不已。但是她的表情上没有流露出来。啊,不好了。难道说夏儿已经彻底变成了机动战士了吗?还有,春儿怎么样了?

妈妈真正注意到夏儿的变化,是圣诞节的时候。每年母女俩都会一起愉快地做蛋糕,可是,今年夏儿的手只是机械地动着。

……这孩子是不是有什么心事呢?说起来,最近,夏儿更加沉默寡言了,脸色也变成土黄色的了……

"嗯,其实我也很担心。"

爸爸一边担心地瞧着坐在餐桌对面的夏儿一边说道。

"觉得哪里疼吗?"

夏儿轻轻摇摇头。难得的好饭菜,她也没吃几口。爸爸和妈妈面面相觑。

吃完饭,夏儿回自己房间里睡觉。往年,过一会儿,爸爸会把给夏儿的礼物放在她的房间里,圣诞节便结束了。但是,今年很奇怪,爸爸拿着圣诞礼物去了黑乎乎的夏儿的房间,凝视着石像一般睡觉的夏儿。然后,他抬头望着天花板轻轻叫了一声:

"芳子姐姐。"

话一出口,爸爸的眼眶就湿润了。

"阿芳。"

这称呼多么熟悉。

"你要是在那里的话，就守护一下这个孩子吧。"

（啊，卫君，我没有那个能力啊。我就连帮着夏儿换衣服的力量都没有啊。我只能够祈祷夏儿幸福。跟在夏儿身边，为夏儿的喜悦而喜悦，为她的悲伤而悲伤。我只不过是这样的存在。）

（我们的爸爸其实一直在守护着我们。不记得你是怎么淘气的了，邻居怒气冲冲地跑到家里来告状的时候，爸爸给人家跪下，替你道歉。当了爷爷，卧床不起后，爸爸也在那个厢房里暗中守护着这个家。夏儿知道这一切。她总是在厢房的爷爷的守护下度日，爷爷死去的时候，她也一直等着爷爷醒过来。爸爸的灵魂走的路线，好像和我不一样，死后我虽然没有遇见过爸爸，若是他能够像生前守护夏儿那样守护她的话，就好了……）

次日，妈妈拜访了住在附近的夏儿的同学弓子家，若无其事地从弓子嘴里打听到了夏儿在学校里的情况。尽管妈妈觉得对孩子的话，不能照单全收，但想象夏儿的学校生活，还是感到心痛。

……我应该去见一见寺内老师……

妈妈做了决定，随后妈妈表现出的行动力实在了得。妈妈是个一旦做出决定，就会发挥巨大能量的人。爸爸担忧地说，要不还是我去吧。妈妈说，你最后再出马吧，然后给学校打了电话，预约了明天和老师见面。

第二天，妈妈穿上了排名第二的漂亮套装，盘起了头发。眼影涂的是不显眼的柠檬色，但添加了珠光。没有打腮红，只用粉饼的浓淡收紧了脸颊。口红没有使用鲜亮的红色，用的是柔和的粉红色，一直涂到了嘴角。也没有喷香水。最后妈妈走进院子，毫不惋惜地摘了好多因暖冬而开了花的三色堇，做了个可爱的花束，系上同色系的绸带。好漂亮啊。应该不会有女人能够拒绝的。

"夏儿，妈妈出去一会儿，马上就回来，好好看家啊。桌上有点心。"

夏儿面无表情地点点头。

现在出发。

在学校里，寺内老师一边在脑子里整理着对夏儿不满意的几个问题，一边等候。一见面，妈妈就笑容满面地寒暄道："孩子总是给您添麻烦。非常感谢！"然后，一边说着"这是我家院子里开的花"，一边把那个花束递给老师。寺内老师惶恐地接过来，说："哇，真好看，谢谢您。"

在这之后，妈妈的了不起之处，就是一句也没有提及寺内老师对夏儿的态度，而是表示最近这个孩子的情况很让人担心，向老师请教作为家长应该怎样应对。

"我想跟经验丰富的老师请教一下。不管怎么说，她是我们的第一个孩子，我们不知道该怎样教育更好。不知她在学校里，是不是表现得很好呢？"

"这个嘛……"

寺内老师虽然锐气受挫，还是谈出了已经准备好的夏儿的一些问题。

"哎呀，真是给您添麻烦了。这孩子以前就是总喜欢躲在自己的壳里，在行动之前，必须先在心里和自己对话，然后才能进入下一步。入学前，我们就担心她这种个性会导致被朋友误解，被人欺负……"

妈妈目光锐利地直视着寺内老师的眼睛说道。

"还没有发现您说的这种情况。"

寺内老师无力地回答。

在这番对话的最后，妈妈终于成功地从寺内老师嘴里引导出了"您的孩子智力上没有问题，所以，耐心地对待孩子比较好吧，因为那个孩子有她自己的节奏"的建议。

"那我就放心了，以后还请您多多费心。发现什么问题的话，请随时给我打电话。"妈妈说完犹如写在点心包装盒上的套话之后，深深鞠了个躬，离开了学校。

"怎么样啊？"

妈妈刚回到家，就接到了爸爸打来的电话。

"倒不觉得是个特别坏的老师啊，而且还认可了夏儿有自己的节奏……"

"那太好了。夏儿干什么呢？"

妈妈扫了一眼在院子里的夏儿，说："现在在院子里呢。"

"今天晚上给夏儿做点她爱吃的吧。"

"好啊。"

夏儿正呆呆地瞧着樱花树下。圣诞玫瑰悄然垂着头，忍受着寒冬绽开花朵。

……春儿，春儿，你去哪里了……

夏儿的高达在哭泣，她脸上的表情依旧。春儿的声音从那以后就再也没有听到了。

……春儿，这里刮着干冷刺骨的寒风……

（春天还很遥远。但是，夏儿不要哭，春儿一定在睡觉呢。春儿在夏儿身体里的很深很深的泥土中，变成球根正睡觉呢。要相信春儿，喜欢秋千的春儿，喜欢勃兰登堡协奏曲的春儿，一笑就散发出百合香气的春儿。春儿一定会醒来的。）夏儿的高达笨拙地弯下腰，双手轻轻地抱住了圣诞玫瑰。

新年时，寺内老师寄来了贺年卡。上面写着——咱们在一起的时间屈指可数了，请把过去的一年看作有意义的一年　当然，在"有意义"上面添加了假名注音，但爸爸愤然道：

"小学一年级学生，懂得什么是有意义呀。"

"别这么说。给咱们寄来贺年卡，已经是很大的进步了。"

妈妈很满足。接过贺年卡的夏儿的表情看上去没有一点变化。

不过，寒假过后，虽然爸爸妈妈还很担忧，夏儿仍然去上学了。要是她不愿意去，咱们也不要勉强她。只是和爸爸这样交谈，妈妈都觉得很扫兴。

在学校里，夏儿像以往一样摆出一副机动战士的架势，但是寺内老师的态度和以前不一样，变得不太训斥她了。寺内老师在心里付出了怎样的努力，要是有人能够了解就好了。这是值得尊敬的。老师在跟自己的价值观进行殊死的斗争啊。由于她并没有积极地对夏儿做什么，所以是一种从表面上很难看出来的努力。

然而，夏儿仍然毫无表情。妈妈有时候会感到绝望，这个孩子会不会一辈子都是这样呢？

二月过了一半的时候，意外收到了斋木女士从欧洲（她当时的住所是在布鲁塞尔）寄来的包裹。打开一看，里面是一个精巧而美丽的银制百合花吊坠，还附了一张卡片——非常抱歉，曾经把那么多球根强加给你们。看到这个吊坠时，我想起了像百合那样清纯的夏儿。它虽然是个古董，却是曾经在许多幸福的人们胸前挂过的饰物。如果你不嫌弃它，我会很高兴——信里这样写道。

"哇，多漂亮啊。夏儿你看。"

妈妈兴奋地把吊坠挂在夏儿胸前。令人吃惊的是，夏儿清晰地发出：

"我非常……喜欢……它。"

虽然还有些僵硬，但夏儿愉快地微笑了。这是时隔几个月才露出的微笑。

妈妈哭了。

这个吊坠的能量犹如无限伸展的早春阳光一般，射进了夏儿内心深处石化了的坚硬的泥土深处。于是，有什么东西复苏了。

……复苏的是春儿吗？是爷爷吗？是夏儿吗？还是所有的家人呢？

姿态虽然千真万确还是春儿，却和以前的春儿哪里不一样。她不再说话了，当然春儿所思考的事，好像也是夏儿在思考的，或许已经没有交谈的必要了。是那个化学变化的影响吗？春儿自从复苏以来，在夏儿心中一点点在变大。不过，夏儿的机动战士很执拗，就是软不下来。看来太着急了不行啊。

春假到了，密密实实围了院子五层的五颜六色的郁金香一起盛开了。郁金香成为了分割外侧与内侧清晰的美丽界限。仿佛被它们的妖娆所引诱似的，被齐根剪短的山茶花篱笆墙也迅速发芽了。虽然高度还远远达不到，但是到了郁金香枯萎的时候，它们就会长成比以前更密实而漂亮的篱笆墙。野狗也不那么容易钻进来了。

春儿慢慢长大，出落成了美丽的姑娘。柔软的胳膊腿越来越长，手指纤细，动作轻盈灵敏。她在夏儿的身体里愉快地笑着。她就像在夏儿的身体里到处乱飞的肥皂泡一样，天真无邪地笑着。啊，多么愉快啊。夏儿的高达也稍稍松弛下来微笑着。春儿不像以前那样柔弱了，夏儿常常感觉自己远离了高达，变成了现在的春儿。

每当春儿长大一些，机动战士的坚硬装甲材料，便噗嗤噗嗤裂开。机动战士变得越来越薄了。（春儿，你这么长下去的话，很快就追上夏儿了，连我都分不出你们谁是谁了。）

上二年级之后，夏儿变得越来越开朗了，妈妈很高兴。冴子姑妈在电话里说：

"培养孩子就是这样喔。只有相信早晚能渡过难关，才能坚持下去啊。不过，不是我吓唬你，过了一关还有一关呢。友彦曾经那么坚决地说，中学毕业后要当木工，可是，到时候又说为了设计大楼，还是去上大学比较好吧。孩子总是让人提心吊胆担惊受怕。"说完笑了起来。

一个清爽宜人晴空万里的早晨，传来了今年第一声杜鹃的高声鸣叫:"不如归去。"

噗呲一声,机动战士的最后一层薄膜绽开了。不知何时,春天变成了夏天。今年的第一只燕子,在窗外飞出一个圆形,仿佛在说,真正的夏天快要到了。

伴随着甜滋滋水灵灵的预感,夏儿睡醒了。

丹生都比卖

这篇物语是关于生活在距今一千三百多年前的一个小男孩草壁王子的故事。当时，这位王子的家里发生了复杂的情况。

所谓复杂的情况，就是这位王子的外祖父也是伯父的天智天皇和父亲天武天皇（都是后世的谥号）兄弟间产生了矛盾。当时，兄长将皇位传给皇弟是很平常的，大海人王子（即后来的天武天皇）也就理所当然被视为兄长的皇位继承人。但是，天智天皇晚年，想要把皇位传给儿子大友王子了。察觉此事后，为了躲避谋反嫌疑，大海人王子改为僧人打扮，带着家人和党羽隐居于吉野深山了。那时草壁王子还未满十岁。

此故事基本上是以吉野为背景的。

一

草壁王子做了一个梦。

他梦见祖母的送葬队伍悄然无声地穿过一片秋天的旷野，那空气冻得硬邦邦的，仿佛一触碰就会发出声响似的。

四周清冷而通透，可以一眼望见世界的尽头。茂密丛生的黄背草无边无际，除了无声行进的送葬队列之外，没有任何活动的东西，整个草原上都洒满了不可思议的光。

但是，这光照似乎不是阳光。众人的脚下连一点影子都没有。

……菟女明明说过，生存在阳光下的万物必定会有影子。

尽管这般安静明亮，可是在这秋天的原野上，却感受不到丝毫的安宁。非但如此，纤细的冰丝仿佛与空气纵横交织着，令人不禁毛骨悚然。

之所以这结冰般的光亮会笼罩世界，恐怕并非由来于殡葬的悲伤，而是大家心情紧张造成的，草壁王子心里想。

……因为在那个山丘上，有一个直勾勾地俯看着他们的怪物。

大家尽量不往那边看，但是大家都知道那个东西的存在。它披着蓑笠，悄无声息，甚至憋住呼吸，装得很老实。

倘若送葬队伍稍微做出什么多余的动作，这犹如大鼓般紧绷的空气，大概就会如波涛般将这颤抖立刻传导过去，震动那个披着蓑笠的怪物吧。

稍微倾斜了一点，又稍微倾斜了一点，直到那张被遮挡在蓑笠里的面孔渐渐露出来。

草壁王子猛地惊醒过来。

在旁边陪他睡觉的乳母菟女也醒了，把手按在喘着粗气的草壁王子的额头上。

"烧好像退了，但是出了不少汗。"

草壁王子畏惧地环顾四周。

这时，草壁王子闻到流动的空气里混杂着一股陈旧衣裳的气味。

那是有些发霉的，由于天长日久，染料开始发酵般的气味。

草壁王子一行踏上这趟赴吉野之旅时，想带的东西也来不及带上，只带了最少量的随身用品，因此发出这种气味的衣裳，按说在这个宫里是不会有的呀……

……无论是动物、树木，还是用具，经过岁月的磨砺都会腐烂，这就是说，衣裳也是一样的了……

草壁王子茫然地这样思索时，听到从对面的黑暗中传来一声在梦中也一直响个不停的嚓嚓的声音。

"那是什么声音？我在梦里老是听到那个声音。"

"是弓弦的声音。听说从今天开始，每天黎明时分都会拉响弓弦。"

在户外排成一排的舍人们，一齐拉弓的样子仿佛近在眼前。

可是，这并非寻常之事。

"为什么拉弓呢？"

"是为了安抚驾崩的大君陛下的御灵。"

被后世称为天智天皇的草壁王子的外祖父也是伯父的尊贵君主，饱受患病折磨后，寿终正寝了。

这个消息是昨天，远在近江的朝廷派使者来吉野报告的。

……从那时开始，这里的空气变得越来越紧张兮兮的了，如同那等待拉开的弓弦一样。不过，记得菟女曾经告诉过我，拉响弓弦是为了诅咒，不是为了抚慰什么的……

"你做什么梦了？"

菟女一边给草壁王子擦背上的汗一边问道，不让他追问下去。

十二月的吉野山中寒冷彻骨，昨夜为了给草壁王子冷敷额头，放在枕边的水桶里的水已经结了冰。不赶紧擦去他这身汗，感冒就会反复的。

"梦见了魔鬼。你以前不是给我讲过吗？祖母去世时，朝仓山上有个披着蓑笠的巨大魔鬼直勾勾地瞧着送葬队伍的事。"

"是给你讲过。不过，那是听人们口口相传的事，我并没有亲眼看到过。"

"那天晚上，我还做了被两只大眼珠追赶的噩梦呢。"

"是啊，是啊，后来殿下又发起烧来了。讲那个故事的时候，王子殿下还很小呢。但是，现在眼看就十一岁了，很快就能帮着你父王做事了。现在的殿下反倒应该去追赶那对眼睛了。昨天听说了大君陛下驾崩之事，殿下才会做那个梦的吧。"

草壁王子不让菟女觉察地偷偷叹了口气。不知何时，那个收藏多年的古旧衣裳似的霉味儿闻不到了。

"大津现在怎么样了？他最受外祖父的喜爱，一定特别悲伤吧，真可怜。"

"是啊。好了，还不到起床的时候，再睡一会儿吧。"

舍人们拉弓弦的声音还在持续。草壁王子在那有节奏的响声中又不知不觉睡着了。

外面蒙蒙亮了。草壁王子再次睁开眼睛时，大家都已经在忙碌了。

"你醒了？"

菟女说着，把手按在草壁王子的额头上。

"已经退烧了，我去给你拿汤药和粥来。"

菟女走了之后，草壁王子听到帘子外面有人说话，是母亲鸬野赞良公主来了。

"听说退烧了？"

母亲在草壁王子枕边坐下来，像菟女那样把手按在他的额头上，试了试热度。

"没事了。"

这时，草壁王子鼓起勇气想要问一问母亲，尽管这么做是很罕见的。

"妈妈，黎明前，我闻到了古旧衣裳的气味。半夜里有人来过吗？"

令人惊讶的是，一向处变不惊的母亲，这时也吓了一跳，目不转睛地瞧着草壁王子的脸。

"你一定是烧糊涂了才梦见的吧。深更半夜的，谁会来这深山老林呢……"

然后，母亲避开这个话头，说道：

"你父王已经做完了祓禊，具备神力了。这是由于在这里居住期间，你父王从没有怠慢过供奉丹生都比卖①的早晚拜祭。你父王原本就具有从心所欲地给众神招魂的本事啊。有着皇室真正血统者，才具有这样的能力。"

母亲稍稍面朝近江方向坐着。她此刻想的一定是，在刚刚失去大君的近江朝廷，只等着即位的大友王子，由于生母身份低微，所以并不能算是正当的皇位继承人。

草壁王子感到身体里发出"唉"的一声，有什么东西出溜出溜地出去了。每当遇到母亲暴露出争斗心之时，总是会这样。

"你也早点好起来，帮一帮你父王。忍壁也在外面玩儿呢。"

母亲所说的忍壁，是草壁王子同父异母的皇弟。因为父亲大海人王子有好几位妃子。

草壁王子的母亲是鸬野赞良公主，和她的姐姐大田王妃一起嫁给了相当于叔父的大海人王子。大田王妃生下大伯公主和大津王子后不久就死去了。大津王子是比草壁王子小一岁的皇弟。

---

① 传说丹生都比卖大神是天照大神的御妹神，在神代降临纪川流域的三谷，坐镇天野之地，掌管推广纪州、大和的农耕。

原本是皇太弟的大海人王子本是有力的下一任大君候选人。可是，哥哥大君陛下萌生了让晚年生下的、自己宠爱的大友王子继承皇位的念头，于是近江朝廷渐渐被包裹在不安定的空气之中。

终于以某件事为契机，大海人王子改为僧人打扮，带着鸬野赞良公主和草壁王子、忍壁王子，以及为数不多的舍人和女官，逃到了吉野深山。吉野自古以来就是十分灵验的神仙之地，身遭不幸的达官贵人为了东山再起，或是修行，常常幽居此地。

大君一族自古以来就掌管祭祀，感应神明，将得到神谕看作最重要的事情。

驾崩的大君，凡事喜好唐风，一向轻慢诸神，但这位大海人王子对于被镇锁的秋津州五湖四海的诸神，以及供奉这些神祇为祖神的草民恭敬有加。

大海人王子与神界通灵，凡人看不见的东西，王子都能看见，这些传言使人们越来越被他所吸引，他赢得了众人的尊敬。

大海人王子祭神的场所在吉野宫的上方，其正面有一个黑乎乎的深不见底的大洞，发出轰鸣之声、喷涌而出的庄严神圣的水流形成了河流。

那个大洞即是神门，它的最里面便是神宫。那是个只立了四根裹着杉树皮的柱子，铺着杉树皮屋顶之所，在清冽的河流中做完祓禊的大海人王子，在那里祈祷神明降临。

那位高贵的神明叫做丹生都比卖。

吉野也是出产水银的地方。那时候，水银作为长生不老的灵丹妙药受到极大的珍重。

水银是用叫做辰砂的红土烧烤，用冷水将散发出来的气体冷却，制作出来的。

吉野之所以被看作赋予复苏之力的场所，也是拜这水银和清水所赐，而统领这水银和清水的神灵，就是丹生都比卖。

然而，无论大海人王子怎样祈祷神明，丹生都比卖也不现身。

说实话，自从大海人王子来到吉野以后，丹生都比卖一次也没有现身过。

当然，这件事还没有人知道。

一想到有丹生都比卖的护佑，大家就稍微安心一些，并以此为精神支撑团结在大海人王子周围。倘若出现丹生都比卖抛弃了大海人王子的流言蜚语，那可不得了。

……这是怎么回事呢？比卖难道去熊野游玩了吗？近江已经没有了兄长，说不定哪天就可能找个理由，发兵来追讨的。在那之前，我必须受到丹生都比卖的护佑，浑身充满复苏之力。不然的话……

大海人王子不再想那些不吉利的事，继续一心祈祷神明了。

在宫里，草壁王子已经吃完了早饭，不多久，忍壁王子气喘吁吁地跑来了。

"刚才，我看见梦魔了。"

所谓梦魔，就是深更半夜发出划破黑夜般恐怖叫声的怪物。在吉野度过的第一个夜晚时，草壁王子和忍壁王子觉得那可怕的叫声是以前在吉野丧命的怨灵们的叫声，吓得紧紧抱着各自的乳母哭起来。"那是梦魔，什么也不会做的，不用担心。"父亲的话才好容易使二人平静下来。"可是，那叫声太恐怖了。"就连大海人王子也害怕得嘀咕着，可见那声音让听见的人不能不产生不安和恐惧。

梦魔究竟是什么样子，谁也说不清楚。当时大人们正处于最为紧迫的关头，根本无暇关心暂时不会有害的梦魔，因为要忍受比它更加危险可怕得多的东西带来的不安感。

可是，对于草壁王子和忍壁王子来说，每天晚上威胁他们的恐怖的梦魔到底是什么样子却是个大问题。

两个人认为，梦魔就像有着尖嘴和爪子的老鹰一样的东西，而且至少比老鹰要大一倍，是一种衰老不堪，眼珠子乱转，寻找猎物的怪鸟。

忍壁王子说他看到了那个梦魔。

"真的吗？"

草壁王子忍不住从床上坐起来问道。

"在……在哪儿呢？"

"刚才，就停在院子里的桂树上头。虽然看不清它的脑袋，但是那让人毛骨悚然的样子肯定是梦魔。"

草壁王子立刻看了看四周，确认菟女不在后，翻身下床，拉着忍壁王子的手，下到庭院里。

可是叶子已经掉光、树梢摇曳着的桂树上什么也没有。

"什么也没有呀。"

"可是，刚刚确实有的。"

"是不是老鹰呀？"

"也可能吧？"

忍壁王子歪着头琢磨着，然后很遗憾地说道：

"这种时候，要是大津王子在的话，肯定会用弓箭射死它的。"

对于忍壁王子而言，草壁王子和大津王子同样都是皇兄。但是，比起身体羸弱、动不动就发烧的草壁王子来，幼小的忍壁王子更羡慕聪明伶俐、文武双全的大津王子，也是没有办法的事。

忍壁王子这么说并没有恶意……草壁王子虽然这样想，还是有些悲伤，悄悄离开了仍然在四处寻找自己刚才见到的怪物的忍壁王子身边，朝椋木深处的草丛那边走去。

"弓箭什么的……"草壁王子在心里说。

草壁王子只要一拿弓箭，手就会过敏。大概因为弓是山枦做的吧，草壁王子深以为耻。

草壁王子和大津王子一起跟大海人王子学习射箭，记不清是几年前的事了。

虽然是为幼子特制的弓，可是草壁王子无论怎样照着父亲教的去拉，弓也纹丝不动。

然而大津王子，宛如一出生就一直在射箭似的，只一次就准确射中了靶子。大海人王子笑眯眯地夸赞大津王子，更加热心地教授起来。

大津王子虽然年幼，但嘴紧闭成一字型，威风凛凛地拉弓的样子，在草壁王子看来也觉得非常勇武强健。

可是看看自己，却懒得拉弓射箭，只是呆呆地看着父亲教授大津练习射箭。

这时，草壁王子忽然发现在不远处的柱子那边，有个人影正盯着他们三人。那是母亲鸬野赞良公主。母亲一定觉得我很不争气，脸上连微笑都没有……草壁王子悲伤地瞧着自己的手。

在草壁王子意识到之前，在旁边侍候的菟女大声叫起来："不好了，草壁王子殿下的手！"草壁王子的手直到胳膊肘都红肿起来了。

草壁王子被立即带回屋里去了，他感受到背后父亲和母亲投来的可怜自己的视线。

……其实，父亲本意是想把大津带来吧。

草壁王子自言自语。开朗乖巧的大津王子谁都喜欢。大田姨母去世以后，大伯公主和大津王子一直在外祖父身边生活。

看到他们二人跟外祖父撒娇的样子，草壁王子总是陷入寂寞难过的奇妙心情中。相比之下，草壁王子只是远远看到外祖父，都会紧张得不得了。

外祖父驾崩之后，他们两个怎么样了呢？

那已经是好几年前的事了，大田姨母去世之前，卧床不起的时候，草壁王子在菟女的陪伴下去看望过她。

草壁王子对温柔妩媚、有着银铃般嗓音的姨母记忆犹新。大田姨母用透明般的白皙手指抚摸着草壁王子的头说：

"你母亲从小就犹如升起的朝阳那样，是个无所畏惧、精明能干的人。你母亲和外祖父很相像，都是强者。我和他们不一样。你的个性随我。"

大田姨母说完静静地笑了。草壁王子感到这些话解开了他内心一直纠结的什么东西。

"我总是觉得,这个世界不适合自己啊。"

草壁王子感觉望着远处的姨母脸上,落下了忧郁的阴影。大田姨母把草壁王子的手放在自己的脸颊上,好像把什么想要说的话咽了下去。草壁王子仿佛听到她轻声说了句"好可怜啊……"

没过多久大田姨母就病逝了。

就在草壁王子沉浸于往事的回忆中时,前方的草丛沙沙摇动,阿象出现了。

阿象是一个和草壁王子差不多大的、不会说话的女孩子。草壁王子来到吉野后,第一次外出那天遇见她,她当时也是蹲在同一处草丛里,摁着脚背。草壁王子看到她的脚背上有被蛇咬的牙印,大概是惹着了刚刚冬眠的蝮蛇吧。

草壁王子急中生智,学着以前舍人们对付蛇的咬伤那样,从那个孩子的脚后跟吸出毒液,又从开始枯萎的草丛中摘了一些所剩无几的艾蒿,把它们揉一揉,贴在伤口上。女孩子一声也没有叫唤。

"你家是在附近吗?要是走不了的话,我去叫个人来吧。"

说完,他就跑去喊舍人了。可是,回来时她已经不在那里了。

四面群山围绕的吉野之地,天黑得早,此时几乎已经看不清人的模样了。

草壁王子无法判断自己遇到的究竟是不是人类的孩子,呆呆地站了很久。

周围渐渐黑下来,凉飕飕的,树木的精气迅速变得浓厚起来，包裹了王子，令他感觉有些憋气，甚至感觉自己越过了人间边界似的。

第二天，草壁王子又去了那个地方，仿佛在等着他似的，那个女孩子站在那里。

她是个有着一对大大的黑眼珠、肤色雪白的孩子。

既然是远离都城的乡下人的孩子，草壁王子原以为她是个不梳头、头发没有光泽、肤色黝黑的土气孩子，可是这个孩子却透出优雅的气质，使得草壁王子不禁有些紧张。

那个女孩子毫不惧怕地瞧着草壁王子，递给他一个东西。

那是一个琉璃样的、却闪烁着深邃银光的勾玉。

"我可以收下吗？"

草壁王子问，女孩子点了点头。

那个勾玉放射出草壁王子从未见过的奇特光辉。即便是母亲，肯定也没有这样的宝石吧。

它是银质的水滴形状，只有大拇指指肚大小。拿在手里冷冰冰的，盯着它看的话，仿佛会被它吸进去似的，王子慌忙握紧了手。

王子明白了，这是不能给任何人看的东西。

草壁王子咕咕哝哝地小声道了谢，询问了昨天后来的情况，但是这个女孩子，不管问什么都沉默不语。

草壁王子从她的表情渐渐意识到，她不会说话，于是就给她起了个名字"阿象"。因为那时耸立在草壁王子眼前的是象山，还有喜佐谷。

阿象的事莵女很快就知道了。

当天，忍壁王子就把自己和脸色白皙不会说话的孩子在一起玩儿的事告诉了乳母。他的乳母把这事传达给菟女只是一眨眼的工夫。

"她大概是住在国樔边缘的提炼水银的工匠家的孩子吧。那个家族中因为烧烤红土散发出的气体伤害了身体，所以很多人都说不出话来。国樔人吃青蛙，住在洞穴里。王子殿下早晚要回都城去的，最好不要跟当地人太亲近了。"

菟女这样告诫草壁王子的时候，发觉有明亮的阳光照射进来，原来是父亲来了，菟女低下头，深深施礼。

父亲对菟女说：

"你刚才说的不对，我们再也不回都城了。就在这里修行，侍奉神明，祈祷近江都城的繁荣昌盛。所以要和当地人搞好关系。"

菟女万分惶恐，立刻匍匐在地上谢罪。

虽然大家心里觉得不太吉利而没有说出来，但是都怀有同样的恐惧。

大化元年，一位名叫古人大兄王子的人和大海人王子一样，从中央政界引退，以佛道修行的名义隐居在吉野深山。想必是因为感到继续待在朝廷有危险吧。然而，仅仅两个月后，他就以谋反的罪名被剿灭了。古人大兄王子也被已故大君视为政敌。由于其结局无比凄惨，即便在近江的时候，也很少有人提起。

大海人王子决定去吉野时，所有人都感到紧张，就是由于这件事一瞬间掠过脑海的缘故。

因此，大海人王子对奸细一向很警惕，在任何场合都说自己打算作为僧人在这里度过一生，总是对天地发誓自己没有一点点谋反之心。

菟女也十分清楚这一点,因此对自己的失言深感羞耻,从那以后,即使知道草壁王子和阿象在一起,也不怎么阻止了。

即使草壁王子不会玩特别有趣的游戏,即使不会勇敢地在山野里奔跑,阿象也丝毫不轻视或怜悯草壁王子。

有时候忍壁王子也想和他们一起玩,可是看到草壁王子和阿象不是望着天空发呆,就是数河流里的旋涡,忍壁王子常常很快就厌倦了,跑到别处去玩了。忍壁王子一走,草壁王子就不由得松了口气。

不可思议的是,当草壁王子心情开朗愉快的时候……这种情况虽说很少见……阿象绝对不会出现。她虽然是个不会说话的孩子,但对于草壁王子的心情却犹如湿布一样能够准确贴切地感受和理解。

因此,现在阿象突然出现,草壁王子也不感到惊讶,就像他早已料到阿象会出现似的。草壁王子自己也说不清楚,到底是因为心情不快,阿象才出现的,还是因为预感到阿象会出现,才变成这样的心情呢?

阿象递给草壁王子一枝结了很多红色小果实的荚蒾。荚蒾的果实吃到嘴里是酸甜的,深深沁入草壁王子心里。

……阿象啊,我的外祖父死了。

草壁王子一边和阿象并肩走到与象山隔岸相望的深渊边,一边在心里对阿象说道。

……自己的父皇死了,我母亲却不能去参加葬礼,你可能会觉得不可思议吧。人长大以后会遇到各种各样的难事。

我母亲是个很坚强的人。

草壁王子自豪地补充道。

阿象突然站住脚，抬头仰望天空，好像在等什么。草壁王子没有理会，继续说下去。

……因为现在是很危险的时期，是非常危险的时期。父亲和母亲，还有舍人和女官们也都很紧张。

阿象轻轻地举起手，指向某个地方，只见灰色的云端开始发散出光辉，闪烁起银色光芒来。那光辉忽强忽弱，逐渐扩展到整个天空，最后活像银色的大鸟翅膀一样了。草壁王子感到惊骇不已。

在这庄严而壮美的景象震慑下，草壁王子不禁自言自语道：

……丹生都比卖大神……

现在唯一能守护咱们的，就是丹生都比卖，由于草壁王子常常听到大家这样说，所以他也动不动就把这个名字挂在嘴上了。

随着云彩越来越浓厚，不断重叠，乌云急剧增多，雨滴啪哒啪哒地落下了。

不久夹杂着细雪，下起了冰雨。

从远处传来呼喊草壁王子的声音。是菟女的声音，她在寻找草壁王子。

"我在这里呢。"

草壁王子说完回头一看，阿象已经不见了，仿佛融化进霏霏冰雨里去了。

菟女一看到草壁王子，就摘下自己的肩巾，披在草壁王子的头上，带着哭腔诉说起来：

"我找你半天了。昨天发烧刚好，这么冷的天气，头上什么也不戴，就跑出去了。"因寒冷而表情僵硬的菟女搂着草壁王子一起回了宫。

"刚才都做什么了？"

"你来之前，和阿象在一起呢。阿象虽然不会说话，可是懂得很多事情。和阿象在一起，觉得不说话比说话更高贵得多。"

"因为阿象没有那么多活儿和杂事要做呀。"

菟女回答的口气很冷淡，但草壁王子觉得她说的也有道理。

冰雨越来越大了。

"从近江的都城来吉野的时候，路上也下起了这样的雷阵雨啊。那时候，即便对大人来说也是很辛苦的强行军呢。一边还要担心后有追兵，所以马不停蹄地日夜赶路，连觉都不敢睡，才终于到达这里的。王子殿下这样的身子骨还真是不容易啊，真是不容易啊。"

菟女热泪盈眶地回忆着。

"到这儿已经过去两个月了，没想到大君这么快就驾崩了。"

草壁王子轻轻依偎着菟女小声问道：

"菟女，咱们以后会怎么样啊？"

菟女将揽着草壁王子身体的手往自己这边用力搂过来，对他说：

"不要紧的,你父王和母亲都在身边。你父王还是在近江朝廷里无人可比的王子。你母亲是公主,比任何人都酷似已故的大君。"

这一点不用菟女说也知道。草壁王子感到不安的不是这件事。

"不过,在近江朝廷里,继承外公皇位的是母亲的弟弟大友王子。虽说是异母弟弟,可他是我的叔父。大友王子的妃子是我母亲的异母姐姐十市皇女。"

"是的。"

"所以……"

草壁王子没有说下去。他感觉要是说出来,就会招致什么可怕的后果似的。

菟女想要赶走草壁王子的不安,蹙起眉头,仿佛在读取眼前浮现出来的情景似的压低声音说起来:

"你母亲对这种事早就习以为常了。你母亲五岁的时候,特别宠爱你母亲的祖父殿下苏我仓山田石川麻吕一族,因谋反嫌疑,被灭了门,从小孩子到随从无一例外……他们躲藏的寺院变成了一片血海……你母亲的姐姐大田皇女因此大病一场,但是你母亲从小就特别倔强,一边照料因悲伤过度而卧床不起的母亲远智娘殿下,一边为了向苏我日向报仇开始学习射箭……进谋反谗言的人是苏我日向……日向相当于你母亲的大伯。草壁王子也要像你母亲那样坚强才行啊。"

菟女说到这里,发觉草壁王子的脸色变得特别难看。菟女的本意是激励草壁王子,由于是一奶同胞,只有心如铁石才行，可是……

"放心吧。不管怎么说，咱们有丹生都比卖的庇护啊。你父王已经得到了丹生都比卖大神的护佑了。"

"哦……"

草壁王子虽然这样应答，声音却柔弱无力。

一回到宫里，菟女就指挥女官用热水给草壁王子泡了脚，送来葛根汤。但是，草壁王子觉得女官们的忙碌似乎很虚幻，好像她们的脚没有踩在地上似的。

到了下午，冰雨越下越大了。东国的安八磨郡的汤沐邑令多臣品治派人冒着大雨送来了大米和大豆等物品。

大海人王子和鸬野赞良公主立刻出来迎接，把使者们让进了内宫，包括美浓、尾张的舍人在内，关在里面商谈什么重要的事情。内宫四周有强壮的舍人重重守护着，严防可疑的人出入。

宫内静悄悄的。即便有人把红陶器掉在地上，也不会发出声音，统统被吸进外面淅淅沥沥的冰雨声里去了。

草壁王子根本没有心思安静地睡午觉。

长时间的密谈结束了，鸬野赞良公主出来了。她的脸上没有一丝疲惫的影子，眼睛反而比平日更炯炯放光，神采奕奕。

……看样子母亲的心情很愉快。

草壁王子躲在柱子后面偷看母亲的样子。

那天晚上，为了慰劳东国的使者们，举办了宴会。

膳房杀鹿宰猪，忙得不亦乐乎。

忍壁王子趁菟女不注意，朝草壁王子招手，叫他一起去膳房看热闹，但草壁王子摇了摇头，拒绝了。因为草壁王子讨厌血腥。

忍壁王子很失望，独自一个人去了。

草壁王子和忍壁王子被允许参加宴会。

今天，和大米一起上供的还有用小麦粉做的唐果子。草壁王子特别喜欢吃唐果子，却偷偷藏起了一半，想回头带给阿象。忍壁王子最喜欢吃醋拌鹿肉，转眼间就吃光了。草壁王子实在吃不惯这东西，就给了忍壁王子。忍壁王子瞧着草壁王子高兴得笑了，草壁王子也感觉愉快起来，吃起了核桃，忽然发现母亲朝他这边瞅了一眼，草壁王子慌忙吃了一大口猪肉糜。

父亲坐在阿倍比罗夫从阿依努带回来的棕熊皮上，谈论着战争的故事。虽然已经是老生常谈了，但是就连舍人男依①和雄君②也都一起流出了眼泪。忍壁王子也像个男孩子般兴奋地听着。

草壁王子实在不喜欢这一类故事。

……人们为什么要打仗呢？即便是平日里，看到人与人之间相互蔑视，凶狠地相互憎恨，我总是特别恐惧，特别悲伤。舍人们说，为主君拼死战斗是最可贵的事，但这种忠诚之心似乎伴随着更多的恐惧和悲伤，对我而言太沉重了，犹如盛夏的火辣辣的日光炙烤着大地一般。

---

① 即后面出现的村国连男依。史书记载均为"村国男依"，与此文稍有出入。
② 即后面出现的朴井连雄君。史书记载均为"朴井雄君"，与此文稍有出入。

可是父亲和母亲却全部接受这些忠诚,毫不胆怯,越来越光芒四射了,就连大津也能做到……

那天晚上,虽然可以比平日晚就寝,但草壁王子感到很疲惫。

满座的人表现出的男子汉的勇猛无畏吓到了草壁王子,他感觉就连自己的呼吸都是那么微弱,眼看着就会消失不见似的。

所以,终于躺到床上时,他才发自内心感到高兴。

……丹生都比卖大神……

草壁王子像念咒语似的低语着,手里牢牢握着阿象给他的勾玉睡觉了。于是乎,冷冰冰的勾玉给他的紧张情绪降了温,心情彻底平静了下来。

草壁王子在梦中看到了一个女孩子。

起初以为她是阿象,但是比阿象穿戴得更高贵。

那个女孩子有个病怏怏的弟弟,好像还有个身体不太好的姐姐,这姐弟三人在祖母身边长大。

弟弟既不会说话,也站不住,是个腿脚不好的孩子。祖母对这个弟弟格外宠爱,总是陪在他身边,外国的珍稀东西也都先给了弟弟。

只要对这个弟弟好,祖母就非常愉快,因此,女孩子主动要求给弟弟调药。

那是非常难调制的药。

药师面露难色,但是,祖母发话"就让她调吧",女孩子便能够自由出入典药寮了。

草壁王子看到药师一再叮嘱女孩子，这种贵重的丹药，只能放一点点时，女孩子眼睛里放射出火焰般的强光。

唉，草壁王子发出了叹息。

因为此时，他知道梦里的女孩子是谁了。

后来的事情，尽管草壁王子乞求不要继续做梦了，可是梦仍在继续。

女孩子给弟弟的药里，每勺多加了一点点丹药。每天只是多加了一点点丹药，弟弟渐渐衰弱下去，终于死掉了。

丹药是从水银中提取的，所以吃多了也会成为剧毒。

祖母的哀叹仿佛覆盖了当时的都城。不过，那个女孩子却得到了属于弟弟的琉璃杯子、玻璃水壶，以及珍奇动物形状的香炉。

斗转星移，女孩子和她姐姐嫁给了同一位王子，女孩子和姐姐同样生下了男孩子。但是，她觉得丈夫总是往姐姐那里跑，就像祖母独宠弟弟一样。

由于姐姐身体虚弱，所以这位已经出落成漂亮女人的女孩子以给姐姐煎药为名，又开始自由出入典药寮了。没多久，她的姐姐也死了。

说梦话的草壁王子被菟女摇醒了。

大概是说梦话的声音太大了吧，只听见母亲的女官在帘子外面探问王子怎么了。

"没什么事，大概是被梦魔的声音吓到了吧。"

菟女回答。

哪里有什么梦魔的声音啊。如此说来，自从天气冷了以后，梦魔不知去了哪里，倒是没怎么来了。草壁王子懵懵懂懂地想。

菟女温柔地摩挲着草壁王子的后背，小声说：

"大概是因为今晚的客人异常蛮勇，王子殿下也格外兴奋的缘故吧。王子殿下睡得很香甜呢。好啊，请振奋起精神来吧。"

菟女有菟女的想法，大概是觉得把草壁王子培养得这样柔弱，心中感到羞愧吧，草壁王子当时这样想。

……人的欲望到底有没有止境呢。努力达成欲望，难道就是人生之路吗？难道说人要背负着身体里的欲望，一辈子都为了实现欲望而奋斗吗……

草壁王子的心情沉重而悲伤，又不敢哭泣，一夜未眠。那个女孩子肯定是母亲。

那一年就在这样的气氛中过去了，大家都没有放声大笑过。

以大友王子为中心的近江朝廷，与大海人王子和鸬野赞良公主所在的吉野，互相观察着对方的动静，人心惶惶，众说纷纭，虽然并没有发展到兵戎相向，但也只是时间的问题。

留在近江的心向大海人王子的人们，将大友王子身边的中臣金、苏我赤兄们的过激言行逐一报告了吉野这边。形势严峻，可以说皇室什么时候发兵来讨伐，都不奇怪。

新年过后，草壁王子第一次经历的吉野的冬天实在太严酷了。

不过，那年冬天，纵然到了皇室即将举起锋利的刀剑之时，大海人王子也没有举兵起事，无论大家是多么悲痛万分地期盼着。

其原因之一是，与东国的豪族们和近江朝廷内部谨慎地保持着联系的鸬野赞良公主认为，还要等待一些时日，直到国人都能认可的大义名得以确立，时机才完全成熟。

鸬野赞良公主感情不外露，遇事能够冷静判断，擅长权谋术数，这一点酷似已故的大君。所以大海人王子对她既依赖又惧怕。

大海人王子迟迟不能举兵，还有他不能告诉任何人的一个理由。

那就是，丹生都比卖还没有降临。

吉野的确是神仙之地，是起死回生之地，但是像古人大兄王子那样谋反失败，落得悲惨下场的人也很多。这些人都是由于没有得到丹生都比卖护佑的缘故。

可是，这件事如果被大家知道的话，众人将会陷入怎样的不安和恐惧之中啊。这会直接影响到军队的士气。

因此，大海人王子把丹生都比卖还未降临之事，深藏在自己的心底，连鸬野赞良公主都没有告诉，独自承受着不安。

……无论如何也要在这斋庭祈祷丹生都比卖降临。这关系到这一战的成败。

大海人王子一心一意地专注于敬佛。

对面的象山那边，是大峰山山脉，当地人习惯叫做黑山，认为是进入黄泉国的入口。

丹生都比卖为什么不出来呢？大海人王子一行进入吉野

时是神无月①，恐怕就是这一点导致的。

但是大海人王子并不明白。

吉野山终于迎来了春天。

到处开出报春的黄色小花的山茱萸树很是惹眼。

草壁王子和忍壁王子，还有阿象三个人，将残雪往小河里扔着玩的时候，看见一只刚刚从冬眠醒来的赤蛙动作迟钝地爬出来了。忍壁王子大喜，扑过去抓住了它。

忍壁王子有一次跟着大海人王子去打猎，去国樔人的穴居做客时，曾经吃过青蛙。

在不禁畏缩起来的草壁王子面前，忍壁王子自告奋勇地说，让他来做青蛙吃。

"阿象生一堆火，我跑着去厨房，偷偷拿把砍柴刀和盐来。"

说完就一溜烟地跑了。

阿象照他的吩咐，开始捡小树枝。可怜的赤蛙被压在晒枥树果实用的破旧的大网眼竹筐下面。

"真的烤着吃吗？"

草壁王子很担心地问。

阿象不知从身上什么地方掏出一个打火石，很熟练地打起火来。

阿象每打一下，耀眼的小火星就像美丽的花朵盛开一般向四周散落。

---

① 日本旧历中十月的别称。

草壁王子非常吃惊。

"我看过很多次打火石打火，可是，谁都没有你打得好看。"

阿象看着王子莞尔一笑。

阿象真的很美丽，草壁王子想。

有一次，草壁王子对菟女说，阿象不像是国樔人。菟女回答："无论是一个地方的气候，还是住在那里的人，都和那块土地的守护神的特质很相似。草民就是守护神的化身。阿象美丽是因为吉野美丽。"啊，说得没错。当时，草壁王子这样想。

忍壁王子回来的时候，火苗虽然很小，但火堆已经燃烧起来了。

"啊，这火不错啊。"

"阿象打火非常棒。"

草壁王子很自豪地说。

"阿象是国樔提炼工的孩子，所以很会生火。"

忍壁王子煞有介事地说，然后举起砍柴刀从赤蛙前腿下面把它一切两半。草壁王子下意识地闭上了眼睛，他感到后脖梗有一股冷气。

"前腿和脑袋没有什么可吃的，所以扔掉。"

忍壁王子说话貌似很镇定，手却抖得剥不下皮来。

阿象一直很有兴致地在一旁瞧着，这时悄悄朝忍壁王子伸出了手，忍壁王子只好一边说着"你来吗?"，一边把黏糊糊的赤蛙递给了她。阿象在小河里把赤蛙的内脏洗干净，然后一下子把皮剥了下来。

"阿象真了不起啊。其实，我很想剥皮呢。"

忍壁王子很遗憾似的说。他从阿象手里接过赤蛙，穿在小树枝上，撒上盐，开始在火上烧烤。

渐渐地散发出了烤肉香味儿，忍壁王子一边噗噗地吹着，一边把烤熟的蛙肉掰成两块，递给哥哥一块。草壁王子摇着头不敢吃。

忍壁王子显得很遗憾，但是也许估计到草壁王子会这样，就没有勉强他，把肉递给了阿象。阿象高兴地接过来，掰成碎块，放进了嘴里。

忍壁王子咬了一口，无比幸福地说：

"哇，真好吃。烤肉真是香啊。"

真有那么好吃吗？草壁王子感到有些后悔，这时阿象立刻把自己的肉递给了他。草壁王子提心吊胆地放进嘴里。忍壁王子停止咀嚼，目不转睛地盯着他。

白色的鸟肉似的蛙肉，却没有鸟肉那样的怪味，有些烤焦的地方又脆又香，不爱吃鱼肉的草壁王子毫不困难地吃下去了。

"没想到，这东西还真好吃啊。"

草壁王子瞪圆眼睛说道，忍壁王子终于松了口气似的发自内心地笑起来。阿象也像平时那样不出声地笑了。

到了傍晚，草壁王子闻到山野里飘来一股烧稻草的气味，这气味令他莫名其妙地伤感起来，说不清是因为不安还是乡愁。

第二天仍然闻到这气味，草壁王子便问了苋女，苋女淡然地说："不清楚啊，我回头问问别人吧。"草壁王子去问忍壁王子，他也不以为然地回答："是吗？我没有闻到呀。这么说的话，是有点烟味儿。"

……为什么大家都没有注意到这么明显的气味呢？而我却难过得想哭呢……

草壁王子来到外面，没目标地寻找那令人匪夷所思的烟味儿从何而来时，看见阿象正在注入吉野川的小河边玩放流竹编小船呢。

纤细的竹笋从地上一个个冒出来了，最高的已经退去一两节的皮，即将长成嫩竹了。那生出水灵灵绒毛的竹皮是那么洁净，让人都不敢用手去抚摸。

不用跟阿象打招呼，草壁王子也在她身边做了个那样的小船放流了，然后在心里对阿象诉说：

……你知道就像这竹编小船一样让人惆怅的薄薄的透明烟雾是从哪里来的吗……

这声音仿佛直接传递给了阿象似的，阿象朝着草壁王子的方向咔嚓咔嚓做着打火石的动作。她的眼眸里映出了在整个原野上燃烧的火焰，然后指着河的上游。

"啊，是那边在燃烧啊。"

阿象点点头。

"不要紧吗？"

草壁王子皱着眉头自语道。阿象又使劲点了点头，草壁王子这才放下心来。

草壁王子做的竹编小船眼看要翻船了，但仍然依靠着阿象的小船流走了。

草壁王子一回到宫内，菟女就告诉他，关于这个烟雾的出处，问了来送腹赤鱼的当地人。

"据说在篠原那边，开始逆烧了。我小时候见过的，但是在宫中待久了，都忘干净了。"

"逆烧是什么？"

"就是开春时烧荒的习俗。让火从山上往山下烧去，不久，再从山下往山上扇火。这样让火焰和火焰在中途相遇，来火掉山火。"

"为什么会产生这样的习俗呢？"

烧荒等等，在草壁王子看来是非常危险的事情。

"因为将冬天干枯的原野和田地烧过后，有利于作物发芽生长呀。"

"那么，只点一次火不行吗？"

"如果只是从一头点火的话，火苗不会自己熄灭，会一直往前燃烧，太危险了。要想灭火，只能让火焰对着烧才行啊。"

……真是这样吗……

草壁王子理解不了。

二

吉野深山也进入燕子飞舞的季节了。

在宫殿屋檐下,燕子开始搭窝,草壁王子一连多日坐在家里观瞧。

"已经快要搭好了。"

忍壁王子不时露一面,说这么一句。搞不清他是对进入窝里感受舒适度的燕子说的呢,还是对旁边打盹的草壁王子说的,也不等任何一方回答,又立刻不知去了哪里。

从这个地方能看到母亲的居所,坐在这里的话,赶上母亲心情好的时候,或是有闲暇时,就会跟自己说话了。

"燕子的宫殿进展如何啊?"

母亲一问,草壁王子即刻以工头的口吻回答:

"离开故土已久,渐感疲劳,但不日即可完工。"

母亲听了高声大笑起来。这爽朗的笑声让草壁王子非常喜悦。

那是一天傍晚时分发生的事。

草壁王子随意抚摸着阿象给他的银制勾玉,像往常一样坐在燕窝附近。多日没有和阿象见面了。这样握着勾玉,草壁王子就会感到心情宁静,仿佛阿象就在身边。

银制勾玉冰凉冰凉的,一握在手里,就好像把自己过剩的热量吸走了似的。草壁王子不由得闭起眼睛,任凭它吸收着热量。

……丹生都比卖大神……

草壁王子在心里默念道。不知自己为什么这样做，他此时只是觉得守护他们的神灵的名字有种格外亲切的感觉。

于是四周突然安静下来，耳朵里面渐渐响起了某种声音，那种收藏很久的古旧衣裳般的气味刺激着鼻孔深处。

草壁王子睁开眼睛，看到的风景似乎与平日不一样了。

消失的不仅仅是周围的声音，就连各种色彩也没有了。所有东西都变成了褐色，庭院的杉树或房屋、屋内的柱子阴影都显得很深。

这大概是还在打盹做的梦吧，也可能是在做白日梦吧。直到多年后，草壁王子也没有弄明白是怎么回事。

草壁王子朝母亲的住所最里面望去，只看见母亲一个人，背朝这边一动不动地端坐着。

仔细一看，母亲不是一个人，好像和什么人面对面坐着。竹帘那边有个人影，是个很高大的人蹲着的影子。

他也戴着很大的斗笠遮住了面孔，但草壁王子立刻认出那是什么东西了。

……母亲会被魔鬼吃掉……

草壁王子差点大声喊起来，但是母亲面对那个可怕的东西，却毫无惧色。某种让他无法喊叫的威严传导过来。母亲好像是在挑战对方，又好像是要阻止对方。

草壁王子此时只觉得自己窥见了母亲所处的黑洞洞的深不见底的深渊。

……原来母亲是这样忍受着难熬的岁月的……

刚这样一想，就听到附近响起了夜鹰的尖锐叫声，草壁王子猛然一惊。往那边一看，一个人也没有，只听见菟女在远处叫自己的声音，风景也都恢复了色彩。

……难道是个梦吗……

草壁王子感觉自己就像中了邪。

两三天后，燕子开始抱窝了。

一进入五月，各地反体制派的豪族和皇族派来的使者开始频繁造访吉野了。

他们对于被一小撮官僚把持的近江政权怀有极大的愤懑，寄一线希望于大海人王子举兵。他们的热切期待犹如滔天巨浪，眼看就要将大海人王子吞噬了。

大海人王子在受他们煽惑、鼓动，与克制自己冷静地审时度势这两种情绪之间孤独地搏斗着。

舍人和女官们也随之越来越紧张，由于受不了高度紧张的气氛，而无缘无故地哭泣，或是因焦躁不安而激动的人逐渐增多了。

"已经五月五日了，看来今年也不能去药猎① 了……"

菟女自言自语地说道。

"往年一到五月五日，宫里人常常一起出动去原野游玩。男人们都穿着和帽子同一颜色的朝服，头上插着簪花，身上

---

① "药猎"是日本端午文化的初始形态，指日本贵族采草药和猎取鹿茸的活动。深受中国端午节采百草习俗和道教神仙思想的影响，反映了日本贵族渴求轻身、长寿的愿望。这种摄取反映了日本民族对尚武精神的偏重及皇族巩固王权统治的意图。

别着豹尾或鸟羽，打扮得十分华丽，猎取给草壁王子殿下退烧用的最柔软的鹿茸，或者摘草花什么的……不知道还能不能回到那个时候……"

就连一直鼓励草壁王子的菟女都说出这样的话来，草壁王子更觉得心里没底了。

"父亲是打算一直在吉野生活下去的吧。菟女还是想要回近江去吗？"

菟女慌忙站起身来。

"我说了不该说的，就因为外面太喧闹了呀。客人可能要回去了，我去看一看。"

今天来访的客人是栗隈王派来的使者。

使者来传达的是，栗隈王对中央政府轻视皇族的专横跋扈无法忍受，尤其是无法服从母亲出身卑微的大友王子的心情。

菟女走了之后，草壁王子再也坐不下去了，他站起来去母亲他们的居所一探究竟。

使者刚刚走，鸬野赞良公主正对大海人王子长吁短叹地说：

"到处都是不满朝廷之声，大家都只看到自己的欲求，因此寄希望于王子。虽然人们是出于各自的欲望，但是都倾向于王子。"

"难道说我回都城执政，就能够让大家都满意吗？"

王子疲惫地说。

草壁王子真切地看到母亲眼睛里此时放射出聪明睿智的光辉，不由得屏住了呼吸。

"虽然无法对他们明说,但是,你一定可以当此大任。"

大海人王子猜测不出公主的意图,目光锐利地注视着她,催促她继续说下去。公主继续说道:

"由于无益的徭役,导致国力衰败。首先必须大家同心协力让朝廷能够行使权力,整顿国家的体制才行。不然的话,不能保卫国家不受外来侵犯。幸好前年户籍也终于完成了,以后就是如何运用更加行之有效的策略的问题了。"

大海人王子畏缩地回答。

"你虽然说无益,但大君总是防患于未然的。那时候临国的威胁是多么严重,你根本想象不到。"

"父皇为我们打下了根基。继承他的遗志,让他的目标变成现实,王子责无旁贷。"

"听你的口气,就好像我理应继承皇位似的。"

公主听了微微一笑。她的微笑也酷似已故大君,草壁王子不禁倒吸了一口凉气。大海人王子想必也是一样。

这时,听到一个女官慌慌张张走来的脚步声,草壁王子急忙躲了起来。

"雄君刚刚从美浓回来了。看样子非同一般,说是有紧急情况要报告。"

大海人王子和鸬野赞良公主不由对视了一眼。

朴井连雄君是大海人王子的舍人,美浓的豪族子弟。

大海人王子为了探听各地的形势,频繁让外地出身的舍人回乡探亲。

"马上过去。"

大海人王子说完,就来到回廊上,朝雄君等候的院子走去。鸬野赞良公主也急忙跟在后面。草壁王子趁着菟女没有发现,悄悄地回去了。

大海人王子一出现在院子里,雄君赶忙在几个舍人的搀扶下坐起来。大概是昼夜兼程,快马加鞭赶来的。一告诉他大海人王子来了,他就拼命地抬起头,想要禀报,大海人王子阻止了他:

"先喝点水。给雄君拿水来。"

下人立刻送来了满满一手桶①水,雄君好半天才喝完,然后断断续续地报告:

"前不久,号称要为驾崩的大君建造陵寝,朝廷命美浓和尾张的国司征召民夫。但是,据说给每个民夫都配备武器,此举甚是可疑。倘若只是建造陵寝,何须带武器?这一定是在召集欺压、消灭我们的士兵。"

大海人王子和鸬野赞良公主对视了一眼。

美浓和尾张是大海人王子最为依赖的土地。如果那里被朝廷征兵的话,大海人王子这边的战斗力必然会受到很大打击。

大海人王子正要对雄君说话时,外面的下马处骚动起来,又一个传话的舍人连滚带爬地进来了。此人在大海人王子宫里也是最经常出入的高市王子的舍人。

高市王子是大海人王子的最年长的王子,十九岁了。由于他母亲是地方豪族出身,因此,比大津王子和草壁王子身份低。他被留在近江都城,为父亲大海人王子收集情报。但

---

① 相对于中国人使用的筲子。

这次的使者与以往不同，显得十分急迫。

"报告，刚刚从近江到飞鸟的街道各处都设置了关卡，往这边运粮食的马车等一律不得通过莵道①的桥。"

大海人王子再次和鸬野赞良公主对视了一眼。

时机到了。

公主睁得大大的眼睛在这样说。

大海人王子想到还未降临的丹生都比卖，如坐针毡，但是在此日此时此地不得不做的那件事，是无法逆转的。

大海人王子发出了眼前的舍人们和女官们自不必说、就连驾崩的大君都从未听到过的朗朗之声：

"鄙人毫无登基之心，出家为僧，乃是为了保全天命，即便如此，仍然受到朝廷的怀疑和追剿，岂有此理。如今已无路可退，与其坐以待毙，不如拼死一搏。"

在场的人听到这些话，无不流下了热泪。尤其是东国出身的舍人男依放声大哭，大海人王子立刻对他们下达了威严的命令：

"你们现在立刻去美浓和尾张，对国司守说明我们的真意，让他们不要轻易给朝廷送去士兵。十万火急，马上出发！"

男依知道责任重大，面色凝重，转身飞奔而去。大海人王子正是为了这个时刻，一直与美浓国司守尾张大隅等人交好，暗中拜托他们协助。

……不得不先采取这些行动……

---

① 此处是"宇治"的不同汉字表记。

大海人王子表情沉痛地回到宫里。就连一向冷静的鸬野赞良公主也极其兴奋,像是鼓励大海人王子,又像是给自己鼓劲似的低声说:

"不管怎么说,我们有丹生都比卖保佑啊。"

大海人王子什么话也没有说。

偶然在院子里听到这些对话的菟女,赶紧回到草壁王子的居所,告诉草壁王子:

"啊,就在刚才,你父王决定起兵了。"说完,她感极而泣。草壁王子看到周围人异常亢奋的样子,也感觉到发生了什么大事,不,是终于发生了。

"菟女,我们该做些什么呢?"

"早晚我们会离开这里,前往战场附近的。大海人王子殿下登上皇位的话,草壁王子或大津王子就成为了嗣子,因此,王子还是跟在父王身边目睹整个过程为好吧。不管怎么说,草壁王子殿下有母亲做强大后盾,在这一点上,比大津王子更占优势。"

菟女就像对自己说似的补充道。草壁王子的心情变得沉重起来。

"大津的母亲还活着的话,大津恐怕会成为无可争议的嗣子吧。"

菟女说教似的皱起了眉头。

"这就是时运。世上的善与恶,全都是天意啊。"

性急的人已经开始收拾行李,准备踏上旅途了,可是过了三天,又过了五天,大海人王子也没有下达出发的命令。

"现在,属下们都在各地做准备。大家要做好一旦准备就绪,随时可以出发的思想准备。出发之前,要专心做好各自的事情。"

听了鸬野赞良公主的说明,大家都克制住自己,努力平静地度过每一天。

燕子的雏鸟孵出来了,燕子开始飞进飞出地忙于四处觅食了。

燕子不在的时候,五只雏鸟都闭着眼睛和嘴巴,非常安静,以至于王子搞不清楚它们在不在里面,可是,一旦燕子叼着虫子回来了,它们便叽叽喳喳地叫个不停,争先恐后地张大嘴要食吃,鸟窝里犹如绽开了五朵大花一般。燕子也一时不知该喂给谁,但稍作犹豫,塞给了嘴张得最大的雏鸟。

草壁王子看到,在鸟窝最里边,有一只比其他雏鸟柔弱的雏鸟每次都吃不到食。渐渐的那只雏鸟更虚弱了,于是,燕子好像越来越不搭理它了。

不管草壁王子在鸟巢下面多么着急都没有用,即便他踩在脚凳上把雏鸟移到中间也是一样。

不久,草壁王子意识到一件可怕的事情。老鸟并非没有注意到那只弱雏鸟,而是有意要除掉它。草壁王子的心跳如晨钟般响了起来。

……既然如此,以后我来养活你……

草壁王子不顾一切地把那只雏鸟从窝里拿出来,小心翼翼地托在手心里,拿回宫内。眼尖的忍壁王子看见,马上凑了过来。

"不让我碰雏鸟,你倒把它拿回来了。"

他一边抱怨一边伸着脑袋盯着看。

"照这样下去，这只雏鸟会死掉的。因为老鸟不给它喂吃的。"

"所以，咱们来喂它，是吗？"

忍壁王子的脸上骤然生辉。草壁王子点了点头。

"我知道哪儿有空巢，现在就去找来，顺便找些虫子来。"

忍壁王子说完，一溜烟跑没影了。

雏鸟在草壁王子的手心里无力地卧着。过了不久，忍壁王子拿着麻雀的空巢和好多飞虫回来了。草壁王子立刻把雏鸟放进窝里去，它显得有些不安。

"它太饿了，真可怜，不能一次都给它，要一点点地喂。不过，你抓来的飞虫还真是不少啊。"

见忍壁王子马上就要给雏鸟喂食，虽然草壁王子也很想亲手喂鸟，但还是以大哥哥的姿态让弟弟先喂。

"路上遇见阿象了。我跟她一说，她很快就抓来这么多。"

忍壁王子用小树枝挑起一只虫子，轻轻拿到雏鸟的嘴边。小树枝刚一碰到雏鸟的黄色嘴巴，它立刻张大了嘴。

"啊，真爱吃啊，这回我来喂。"

草壁王子终于按捺不住了，也用那个小树枝喂了一只虫子。

"看来它真是饿了啊。原来是阿象抓来的呀，好久没有见到阿象了。"

为了观察燕子，草壁王子常常整天待在宫里，而阿象也不可能到宫里来看他。

自从大海人王子在众人面前宣告举兵之后，进出吉野宫的人骤然增多，对外来者的盘查也随之严格起来，有种难以靠近的气氛。

各地的调兵遣将和筹措武器等准备工作虽然在秘密进行，但传到朝廷的耳朵里，只是时间的问题。

……父亲到底打算什么时候出发呢？离开吉野以后，就再也见不到阿象了吧……

再也见不到阿象了，这是难以想象的事情。因为即便是见不到阿象的时候，对于草壁王子而言，她也是近在身边的朋友，所以，他从不曾想过再也见不到阿象了。

那天晚上，草壁王子又握着阿象给他的银制勾玉睡着了。

他做了一个梦。

父亲和母亲在竹帘里面说话，好像在谈论什么可怕的事情。不清楚在谈论什么，但肯定是非常邪恶而危险的秘密事情。突然，映在竹帘上的二人不说话了，因为发现了草壁王子。也就是说，发现草壁王子听到了他们的谈话。

草壁王子感到心脏如同结了冰般的恐怖。

因为他感受到了唯一依赖的父亲和母亲的杀气。

……必须赶快逃走，必须赶快离开这个宫殿……

他拼命跑到外面，看见了阿象。阿象仿佛一切都了然于心似的，拉起草壁王子的手，跑了起来。

夜黑得就像泼洒了浓浓墨汁的乌羽玉一般。

只听到自己奔跑的脚步声划破了四周的静寂，这时，突然发现四周的树林里隐约有人影移动。

他们追来了。

遵照父亲和母亲的命令，这世上所有的生物都在追赶草壁王子。

它们要除掉草壁王子。

夜空中流云移动，夜风带着树木的气味儿刮过。

只有阿象紧紧拉着草壁王子的手，在这层层包围中拼命奔跑。

……阿象，阿象，你要把我带到哪里去啊……

我已经累了。阿象啊，你要到哪里去呀……

不知何时，阿象不见了，草壁王子独自一人站在微明的原野上。在山丘上，有好多士兵在瞄准草壁王子。

这时，草壁王子意识到，啊，这是在做梦呢。以前在梦里也多次命悬一线，不是都平安无事吗？

可是，草壁王子被射中了，那支箭射穿了草壁王子的身体……

在梦里被射中的胸部，宛如被石头埋在底下那么沉重，草壁王子睁开眼睛之后，仍然像冬眠的栗鼠一样抱着膝头蜷缩着。四周变成了巨大的黑暗墙壁，自己好像被围在里面，鼻子闻到刺鼻的气味，好像身处某个陌生的场所……

"是不是哪里不舒服啊？"

早饭后，看着比平日脸色更不好的草壁王子，菟女担心地问道。

"没什么。"

草壁王子简短地回答。

菟女探究地打量着草壁王子的表情，她当然猜不到是昨夜做噩梦的缘故。

看来昨晚不应该偷看父母亲的居所。可是，虽然不清楚怎么回事，梦里的父母亲，给人感觉似乎有着这个世上的恶的化身的秘密，和现实中的父母亲完全不同……

一大早开始，女官们好像有些坐立不安的样子，一个接着一个去了宫殿后面。

"卜部家出身的女官，说是可以做鹿占卜……"

菟女似乎也很在意那边，刚要站起来，又重新坐在了榻榻米上。

"最近精通道术的人很多，大海人王子殿下也经常算卦，但我还是更熟悉龟甲占卜。由于没有龟甲，所以，今天占卜的女官说，要使用很难弄到的鹿肩甲骨算卦……"

"占卜什么？"

草壁王子这么一问，菟女不知该怎么回答了。

"大概是从这里出发的日子，或是前往何处，等等……"

恐怕是关于这场战斗哪方会获胜吧。草壁王子这样想，但没有说出口来。

大海人王子宣告举兵的时候，大家都是斗志昂扬的，拼命压抑着马上就离开吉野的焦躁心情。然而，等来等去，大海人王子总是不发出出发的命令。这样下去，就像是干等着敌人来进犯一样。大家的焦躁快要达到顶点了，因此，自然而然想要占卜了。

"我也想去看看。菟女，一起去吧。"

"那怎么行，把你带到那儿去的事，要是被你母亲知道了……"

"不用担心，就是去玩玩而已。这点事不至于非得告知母亲呀。"

难得草壁王子有所主张，大海人王子没办法，只好和他一起去了正在进行鹿占卜的下屋①。

一走进去，只见房间里弥漫着烤鹿骨的上沟樱木的烟雾，大家看见草壁王子，顿时骚动起来，但是巫女已经开始念经了。

"吐普加身依美多女拆火食火……"

巫女完全沉浸于占卜，念得越来越快，最后大喊一声，突然不说话了。大家都憋住气，瞧着她，然后她又用低沉而平静的声音说起来：

"皇太弟殿下会杀死一个王子，继承皇位的。"

一瞬间，大家的眼睛放出光彩，发出了放心的叹息。

"之后的皇位……"

一瞬间鸦雀无声了。看来女巫是以轻松的心情被女官们请来占卜的，完全想不到草壁王子会来。因此，担任女巫的女官没有意识到草壁王子来了，继续往下说：

"鸬野赞良公主会杀死两个王子，继承皇位的。"

此时，草壁王子只觉得在那个下屋旁边流淌的河水声比平日要响亮得多，那细细的飞沫仿佛悄悄潜入屋里来了。在草壁王子眼里，在场的人都变成了那些飞沫，聚集成一块布在飘动似的。

---

① 下人住的屋子。

……父亲会成为下一任大君，再下一任皇位将由母亲继承。啊，这些预言会成真吗？坚强、聪惠、无所畏惧的母亲。母亲会继承皇位，是天经地义的确凿之事。所谓会威胁身为公主的母亲皇位的高位王子，就是大津……

大家都恐惧得一动也不敢动。顾虑到在房间角落的草壁王子，所有人都像冻成了冰似的。

……我没事的，不用这么担心……

草壁王子朝着没来得及对自己说话的菟女露出了微笑，这是为了给菟女鼓劲。

那天夜里，草壁王子背着菟女哭了。他咬紧牙齿不哭出声，眼泪却忍不住一串串流了下来。

……换作大津，在这种时候，一定是雄赳赳地准备与敌人决一死战吧……

草壁王子觉得自己很可怜，而且感到只有自己一个人孤独地活在世界上似的寂寞难过，就连流眼泪都控制不住的自己，实在太柔弱无力了。

这时，从外面的黑暗处又传来了梦魔的叫声，这么说，自己还要忍受这恐怖的叫声吗？

一声，两声，每当那穿透黑夜的尖叫声在黑夜里回响时，草壁王子就仿佛被拽入十八层地狱似的，忍不住啜泣起来。

这时，令人吃惊的是，竹帘被掀开，响起了母亲的声音。

"又是梦魔吧。梦魔真有那么可怕吗？"

母亲的声音似乎比往日都显得焦躁不安。

草壁王子紧闭上嘴，一晚上也没有再说一句话。

在那个晚上，大海人王子也同样产生了孤独的感觉。举世之众犹如怒涛一般不容分说地逼迫王子起兵。鸬野赞良公主也是一看到他，就催促尽快起兵，最近她虽然没有催促，但看得出来很生气。

……关于丹生都比卖还没有降临的事，要不要对鸬野赞良公主说实话呢？不行，她知道此事的话，很可能把我看作被神抛弃的人……

大海人王子也陷入深深的苦恼之中，因此，没有意识到自己的儿子也同样痛苦不堪。

快天亮时，像往常一样响起了射箭的声音。度过不眠之夜的父子，在不同的寝室里听到了同样的声音。

房间里也蒙蒙发亮了，弥漫着黎明的气氛。草壁王子一看燕子窝，轻轻叫了一声。雏鸟半闭着眼睛，已经冰冷了。王子把它放在手心里，它仍然垂着幼小的翅膀，一动不动。刚长出一点点的黑色羽毛如同荒芜的田地让人伤感。

……难道说被父母抛弃，果真是有其道理的吗……

草壁王子轻轻地把这具小尸骸塞进怀里，默默忍受着坠入深不见底的黑洞里去般的，撕心裂肺的痛苦。

外面天色渐渐发白了。草壁王子把小燕子揣在怀里，悄悄下了床。

近来，虽然白天已经很热了，但吉野山里的早晨还是很凉，呼出的气息似乎都是白蒙蒙的。四处雾霭飘渺，夜的气息仍旧没有散去。

今天，大概是要收拾弓弩吧，刚才使用过的弓靠墙立了一排。草壁王子心情忧郁地茫然看着这些弓时，感觉到从身后的上方，有一股紧张的空气流淌过来。

他回过头往上一看，只见青绿嫩叶满枝头的桂树上停着一只从未见过的大鸟。

它那如同披着蓑衣的猎人蹲着一般的姿势，令人不觉毛骨悚然，仿佛即将过去的黑夜的威胁最后停留在了那里似的。

这时，草壁王子好像又闻到有股古旧衣裳似的霉味从什么地方飘过来。

……是梦魔……

那怪物肯定就是忍壁王子曾经说过的梦魔的原形。梦魔无声地立起身子，然后朝着象山方向滑翔下去。

……应该把它打死，然后拿去给母亲看……

就像遭了雷劈似的，草壁王子的脑子里突然浮出这样的念头，他当即拿起身边的弓和箭，疾速追赶而去。

鸟可以脚不沾地地飞行，然而草壁王子只能在草丛中奔跑，身上被露水浸湿，腿被茅草划破。他仍然紧紧盯着远远在前方飞翔的梦魔不放，不顾一切地进入了更高的茅草丛中，结果手脚被更深地割破了。

可是，梦魔越飞越远，逐渐消失在象山那边了。

草壁王子站住了，呼哧呼哧喘息着。

晨雾梦幻般地在山谷间的树林中升腾着，仿佛要把草壁王子包裹似的悄悄地爬了上来。

在偶尔射来的阳光下，那晨雾像银灰色的肩巾一样飘动起来。

从晨雾那边出现了一个好似在随心所欲操纵那肩巾的

人影。

是阿象。

犹如凭着不可思议的第六感找到主人所在的动物那样，阿象朝着草壁王子走了过来。

……啊，阿象啊……

草壁王子咬着嘴唇，在心里说道。他觉得只要说出口来，自己就会哭出来的。

……你没有看到梦魔吗？我一定要抓住梦魔，不然就无法再回到妈妈身边去……

阿象仍然沉默不语，在前面走起来。

一直走到荸草丛生的山崖上，阿象站住了，回过头，指着荸草丛。

"这里面有梦魔吗？"

阿象不会撒谎的，草壁王子心里想，他用弓的尖头去戳那荸草丛。

草壁王子的手已经因过敏而变得通红了，然而草丛里什么也没有飞出来。

草壁王子又走近一些，拨开草丛，用力拔起荸草根。于是，仿佛从地面涌出来一般出现了大大小小好多蝮蛇。草壁王子吓得倒退了几步。小蝮蛇不知跑到哪里去了，最大的一条蝮蛇仰起头，冲着草壁王子爬过来了。

草壁王子想要逃跑，但是和阿象一对视，知道阿象完全相信自己。因此，急中生智，他倒握着箭，向旁边一跳，冲着蝮蛇猛然一刺，扎了个正着。

王子自己都不相信自己的眼睛，好一会儿没敢动弹。

这让人联想起勇敢地跳过很宽的河沟时的感觉。他觉得自己仿佛越过了比那河沟要宽得多得多的河面，到了河对岸一样。

蝮蛇带着箭，还在扭曲蠕动着，但草壁王子把它和箭一起挂在树枝上了。这样的话，不久就会成为鸠或是鹰的美餐了。

阿象满意地点点头，指着自己的脚后跟。这是第一次见到草壁王子的时候，她被蛇咬伤后，王子给她治疗过的地方。

"就是这条蝮蛇咬了你吗？"

草壁王子一问，阿象不出声地笑了一下，走近葎草丛，把它们分开。于是，以为是悬崖的地方，出现了一个巨大的洞穴。

阿象径直往洞里走去，于是草壁王子也提心吊胆地跟在后面。

……难道这里面有梦魇吗……

阿象头也不回地往前走去。

看见洞穴里的墙壁红得好像涂了朱砂，有人工挖过的痕迹，草壁王子察觉到这里曾经是挖朱砂矿的坑道。

"这里是你的祖先为了采辰砂挖的洞吧？"

虽然问什么也得不到回答，但是王子以为阿象会像往常一样点点头，可是，今天的阿象好像与以往的阿象不一样。

往里走时，渐渐听到了河水流淌的声音，四周越来越暗了，不可思议的是，从阿象身边好像发出白银般朦胧而柔和的光辉，给草壁王子照明。

从墙壁上好像滴下冰冷的水滴，空气也逐渐增加了凝滞的分量。

这时，在最里面，发出了叮铃一声无比清脆的铃声。

……大概是水滴的声音吧……

草壁王子感到很奇妙。河流的声音也越来越近了，在这个洞的最里面流淌着地下水是无可置疑的了。

……阿象，到底要去哪里呀……

草壁王子突然间觉得水的气味变浓了时，已经来到了在地下流淌的河边，眼前的阿象毫不犹豫地跳进了那条河流。来不及多想，草壁王子也不顾一切地跟着她跳进了河里。

因为没有其他的路可走。

此时，在吉野宫里，菟女发现草壁王子不见了。最初她以为又和阿象在外面玩儿呢，没当回事，可是左等右等也不见王子回来，就去问忍壁王子，他也说不知道，这才突然感到不安起来。让人分头去找，可哪里都找不到。

接到草壁王子不见了的报告时的鸬野赞良公主的表情，菟女这辈子都忘不了。

一向非常要强、沉着冷静的鸬野赞良公主，此时脸色煞白，眼看要倒下似的，让旁边的人想伸手去搀扶。

菟女之所以一直对这副表情念念不忘，是因为那表情里不仅仅有着对于自己孩子平安与否的担心，还含有某种其他的东西——一直预想的某种情况成为现实，怀着这一恐惧和痛楚深深沉浸于自身而完全忘却周围人的目光。这对于公主而言是极其罕见的。

但这只是短短的一瞬，公主毕竟是公主，立刻想到下一步该做什么。

"这么说，他常常和那个叫做阿象的女孩子一起玩了？"

"是这样的。"

"那个孩子住在哪里呢？"

"大概是住在国樔。"

"那么，你立刻带一个舍人去国樔，把孩子带回来。即便没有和她在一起，也可能知道一些线索。"

"好的，马上就去。"

菟女立刻让一个舍人骑马带着自己去了国樔。好容易找到了国樔人的首领，询问他阿象在不在，回答是不知道有这样一个女孩子。

此时菟女才想起，阿象是哪里的女孩子，自己并不清楚。非但不清楚，只有草壁王子或忍壁王子亲热地称呼她阿象，大人们谁都不曾见过阿象。

菟女感到自己的声音在颤抖，请教了提炼工居住的洞穴后，连感谢的话都来不及说，就跑出去了。

虽然找到了提炼工住的地方，可是他们也说不知道这个女孩子。

菟女只觉得眼前一阵发黑。

三

　　这里莫非是水底之国吗？

　　眼前的一大片水银犹如镜面一般，原本洞里应该很黑，但是像镜面一样的水银闪烁着不可思议的光。

　　阿象宛如自由自在的鱼儿一直潜入水底，一只手捞起一把水银，又慢慢地撒开了手。

　　于是，那把水银变成了成千上万大大小小的银色珠子，闪烁着亮晶晶的七色光，缓缓落下去。

　　……记得我们慌里慌张离开近江都城，为了进入吉野，最后翻越那个龙门的群山时，也曾经是这样在下雪啊。我当时不知怎么，恍惚觉得踏入了非人间之境似的……

　　草壁王子呆呆地想起这些时，水银珠子仍然不断地散落下来。

　　阿象就像在制造星星一般，不断地抛出水银，然后飘然浮上水面，缓缓举起一只手，像跳舞那样挥动起来。

　　就在此时，刚才垂直散落下来的水银珠子宛如满天繁星一般画出长长的弧形转动起来。

　　水银的星星们闪烁着金光、银光，还有七色光。

　　阿象就像在守护或统率所有星星的闪烁轨迹似的，不知疲倦地随意挥动着胳膊。

每当她挥动胳膊，星星就毫不犹豫地前进，仿佛那是自己唯一可走的路。

　　每当星星相互碰撞时，就会擦出淡蓝色的火花。那火花犹如水银被提炼时的火焰的记忆一般，复苏，消失，再复苏，再消失。

　　而且每当擦出火花时，铃声就如同众多萤火虫在闪灭似的，这边一声那边两声地响起来，渐渐的那声音变成了草壁王子从没有听到过的清澈而通透的乐声。

　　有的星星温柔而小心地发着光，静静地消失了，有的星星勇敢而剧烈地移动着，但是也同样渐渐消失了。

　　有一颗非常美丽明亮的星星一边大胆地画出巨大的轨道，一边与各种各样的星星碰撞，散发出美丽的火花，吞噬它们，奋勇向前。

　　不知何时，那只小燕子的尸骸从草壁王子的怀里滑落出来，刹那间，它就变成了放射着淡蓝色光芒的银灰色星星了。

　　然后，它就像随着那颗非常美丽而明亮的星星的卫星似的随之旋转起来，在草壁王子的眼前转了个圈正要上升之际，被那颗星星吸了进去。

　　这实在是顺理成章、自然而然的事情。

　　而那颗大胆而强有力的星星更增添了亮度，继续前行了。

　　那些水银星星的运行因千姿百态而异常美丽，尽管千姿百态，仿佛整体上拥有着一个庄严的光辉。

　　……那颗小燕子星星虽然看不见了，但是并没有消失。它就在这光辉之中呢……

　　草壁王子仿佛感受到秋天原野上的清澄而寂寥的光照与

萧瑟冷风。

因为那美丽与感动令他痛彻心扉。

然而又好像被包裹在异常熟悉的安宁之中。

……难道说,无论是丑陋的欲望,还是炽热的感情都会逐渐变成哀伤,就像土被提炼成水银那样,变成这般美丽的珠子吗……

草壁王子忽然发现,阿象正盯着自己在微笑呢,在向他招手,叫他一起去玩呢。

草壁王子不由自主地正要朝她走去时,听到不知哪里有人在说"水银有毒"。

……对了,记得菟女这样说过。她说,很多水银会变成可怕的剧毒夺取人的性命。阿象,不要玩那个东西了。阿象,还是和我一起回去吧……

草壁王子在心里这样一呼唤,阿象忽然放下了手,朝水面浮上去了。

紧随其后,水底犹如黏稠乌亮的油一般,从正中央鼓了起来,转眼间变成闪烁着银光的黑色大鸟了。

它和刚才自己以为是梦魇而追赶的鸟又像又不像,但草壁王子不知怎么确信它就是梦魇,它好像在等着草壁王子骑到它背上。

……它会驮着我去追阿象吗……

草壁王子毫不犹豫地骑上了那只大鸟冰凉的脊背。大鸟无声地扇动着翅膀,飞起来去追阿象了。

眼看着快要追上阿象的时候,却看见阿象在草壁王子眼前变得越来越稀薄,就像溶化进这清澈的水里去了一样。

……啊,对了,原来阿象是和水一起被这大地吸进去了,草木把阿象吸上去,为了酿出这吉野神仙之气……

在草壁王子逐渐远去的意识中,浮出不知是谁告诉他的这个想法,很快又消失了。

此时,在拼命做法事的大海人王子头上,突然响起了雷鸣。

斋庭里点的庭灯剧烈摇晃起来,一阵风吹过,没有人碰,迎神板竟然自己发出了响声。

随后,在被其威严所震慑的大海人王子眼前,远比象山庞大的丹生都比卖,以身裹银光闪闪的神衣之姿容现身了。

比卖朝着大海人王子露出开朗的微笑,优美地甩动她的袖子,那股风犹如不可思议的力量源泉般包裹了大海人王子的身体。

面对这千载难逢、尊贵无比的景象,大海人王子一时间茫然自失,清醒过来时,比卖已经不见了,却看见自己的儿子草壁王子竟然随着从神门那边涌出来的滚滚浪涛出现了。

大海人王子大惊失色,慌忙跳进河中,把草壁王子打捞上来。幸好王子还有呼吸。

大海人王子虽然不清楚敬畏无比的丹生都比卖回归神宫的来龙去脉,但是已经明白这是草壁王子舍命换来的。

大海人王子一边大声喊来女官和舍人,一边亲自把草壁王子送回宫里,途中,草壁王子好像清醒过来了,微微睁开了眼睛。大海人王子使劲搂着草壁王子对他说道:

"你干得好啊。"

然后又大声说：

"多亏你的帮助，我可以东山再起了。"

草壁王子的表情就像在做梦似的，露出了愉快的笑容。

此时，大海人王子意识到这是自己第一次看到草壁王子笑。这笑容令他想起百济送来的观音菩萨像。

"太美了。"

大海人王子自语道。

草壁王子闭着眼睛，含着微笑再次睡着了。

大海人王子亲自把草壁王子送回寝宫，命女官好生照料，然后叫来舍人村国连男依、和珥部臣君手、身毛君广。

"尔等即刻出发去美浓，通知多臣品治，先在安八磨郡举兵，并且告诉诸国司，发兵前往各自的不破关，封锁那里。马上出发。我们也立刻启程。"

男依们简短回答。转眼间策马飞奔而去。

即将离开吉野了。

这是宣布举兵的一个月后，六月二十二日的事。

四

草壁王子整整睡了一天，睁开眼睛时，看到菟女在身边，疲劳至极的脸上泪眼迷蒙的。

"啊，你可醒了。"

说完菟女不停地哭泣，旁边的女官提醒她："去报告王妃吧。"

"你母亲担心死了，昨夜一直守在殿下身边呢。"

草壁王子微微露出了笑容。

"我给你端粥来，喝点吧。"菟女说。

草壁王子点点头。

终于宽了心的菟女，毫不掩饰喜悦，出去吩咐膳司了。

"醒了吗？"

母亲进来了。母亲非常温柔地对他微笑着。

"昨天你到底去哪里了？"

草壁王子慢慢说起了昨天早上在院子里看到梦魇，追赶它而进了洞穴，滑落到了地下的河里，等等。他没有说出阿象的名字，只是说掉下去之后，好像是个有无数美丽的星星旋转的地方。

"那么，一定是去了水分山那边了。你掉进了那里的流经根之国的河流里，看到了丹生的都城了吧。一般人是不可能活着回来的，因为你是大王家的人，所以捡了一条命啊。丹生的都城就是神宫。你是从那里漂流到你父王每天祈祷的神门来的。"

母亲很自豪地拿起草壁王子的手,温柔地抚摸着:

"托了你的福,得到了好神谕。"

草壁王子心里想,啊,这么说,昨天父亲说的话不是做梦啊。不知怎么,他内心深处好像充满了从未有过的明朗的安宁感。

"我想给你看一样东西。"

母亲说完,对女官使了个眼色。女官心领神会,卷起了朝向庭院的竹帘。草壁王子看见那里摆放着一个笼子,里面是一只有着栗鼠那样可爱面孔的动物。草壁王子不明白怎么回事,回头看母亲,母亲愉快地笑着说:

"昨天晚上,你睡觉的时候,梦魇又烦人地叫起来,我就对你父王说,你可能在梦里受到那个声音的折磨。所以,你父王就命令舍人们抓捕,自己也去了庭院里,抓捕那只瞎叫唤的东西,弄得浑身是伤,才好容易把它捕到了。那家伙虽然长得像野兽,却能够从树上滑翔呢。"

"那么,它就是真正的梦魇了?"

草壁王子声音嘶哑,一开始不能清晰地发出声音。梦魇原来是个裹在蓬松皮毛里的可爱的生物啊。

"是的,它就是让你怕得要死的东西。"

母亲指着滴溜溜转动着大眼睛,盯着草壁王子的梦魇说。

草壁王子和母亲几乎同时扑哧一声大笑起来。周围的人也都跟着笑了,感觉一直紧绷着的什么弦断了。

……我太喜欢母亲了。只要为了母亲,只要是母亲做的事，无论在自己身上发生了什么，我的灵魂都安之若素……

草壁王子望着母亲的笑脸，暗自这样想。

然后他大胆地请求母亲：

"母亲，我想饲养这只梦魔。"

"可是，这个怪物根本不知悔改噢，居然让你父王受了伤。别看它现在这样乖顺，说不定什么时候还会变成怪物呢。"

母亲吓唬他似的说道。

"可是，我越来越觉得这怪物挺可爱呢。"

母亲点点头，稍稍思考了片刻，仍然劝阻道：

"明天，就要向东国进发了，是事关咱们命运的艰苦旅途。由于丹生都比卖的神谕来得太突然，因此舍人们遵照你父王的命令奔赴各地后，就没有供我们用的马匹了。到了明天，如果马匹还是筹措不到，连你父王也要步行。还是把它先寄存在国樔人那里，等咱们平安凯旋之日，再让他们送过来，你看好不好？"

"我明白了。"草壁王子回答。虽然觉得很遗憾，但是显而易见，它肯定会碍手碍脚的。

这时，端着米粥进来的菟女，看到草壁王子后脖颈的汗毛仿佛结了一层露珠一样发出银色的光辉，心想，真像脱了皮的嫩竹啊。

母亲等人出去后，忍壁王子等不及似的进来了。

"雏燕不见了。"

由于他年纪还小，想不到问候草壁工子的身体如何，也不担忧即将开始的战斗，所以只诉说自己最担心的事情。一向精神头十足的忍壁王子的精气神消失不见了，无力地垂着肩膀，看上去十分柔弱可怜。草壁王子瞧着他的样子，想了想，然后慢悠悠地说起来：

"昨天早上，由于外面的燕子叫得太烦人了，我就起床出去看。只见老燕子不停地朝这边叫，我还没有弄明白怎么回事，从枕边的窝里爬出来的雏燕就飞回父母身边去了。它颤颤巍巍还飞不稳呢，但是，老燕子想方设法地教它飞，就不知飞到哪里去了。"

忍壁王子张大嘴巴，好一会儿没有说出话来，但还是感慨不已地摇着脑袋说：

"真是太不可思议。老燕子怎么会知道那只雏燕在这里呢？"

当草壁王子不知如何作答时——

"那只雏燕的兄弟们已经开始单飞了，所以，我教过它飞翔。"

忍壁王子说着，啪叽啪叽地拍起手来。

"你说，会不会是这个起了作用？"

"肯定是这样。"

草壁王子点了点头。

六月二十四日，大海人王子一行离开了吉野。

来不及征用马匹，就连大海人王子也步行出发了。

草壁王子被允许和鸬野赞良公主一起乘坐御辇，但是他主动要求拉着舍人的手，和忍壁王子一起步行。

黑黢黢的杉树林总也走不到头，哗哗的流水声犹如在雕刻那寂静一般，在森林间回响着。天色阴沉，眼看就要下雨似的。

快要走出这个深远无比的吉野深山了。

大家都不说话，仿佛后有追兵似的一心赶路。

已经看惯的雾霭，就像什么人的秘密意愿似的，从黑影般昏暗的森林四处升腾起来，不时地聚集成团，又分散开来，然后像飘舞的布一样紧紧追赶着草壁王子他们。

"不忍心跟阿象告别啊。"

这时，跟在后面的忍壁王子小声说道，只让草壁王子明白。恰好草壁王子也想到了阿象。

"嗯。"草壁王子点点头。

来到津振川边时，终于有了马匹，王子们骑上了马。就这样，他们终于走出了滞留了八个多月的吉野。

次日早晨，大海人王子一行达到积殖山口，在那里接到舍人大分君惠尺的联络，见到了逃出近江的高市王子。

第三天，早晨，在伊势的迹太川边，顺利迎候了在舍人们陪同下的大津王子一行。

不多久，先去了美浓的男依飞马而来，报告征召了美浓的三千士兵，成功封锁了不破关。

大海人王子他们终于松了口气，喜悦难以言表。如此一来，这场战斗的胜负终于有眉目了。

一行进入桑名的郡衙，在战斗期间，将这里作为行宫。

在战斗途中，加上丹生都比卖，还得到了自古以来就是大王家守护神的高市神社的事代主神、身狭神社的生灵神的加持。

七月二十日，大友王子被迫自尽，后世的人们称之为"壬申之乱"，以大海人王子空前绝后的巨大胜利告终。

大海人王子风风光光地凯旋飞鸟，重新建立了都城。

后来，直到朱鸟元年九月九日驾崩为止，长达十四年的时间，他为建立理想的政权呕心沥血，被后世谥号为天武天皇。

天武天皇驾崩后，鸬野赞良皇后立刻执掌政务，过了不到一个月，大津王子便涉嫌谋反被拘捕。而后，几乎没有进行像样的审讯查证，就被处死了。

草壁王子已经长大成人，被立为皇太子，因此，世人以为鸬野赞良皇后此举是为了让草壁王子即位，然而两年过去了，母后也没有下诏让他即位。

在这期间，为草壁王子被立为太子喜极而泣的菟女也患上流感去世了。

那时，飞鸟之都的一部分人里，流传着奇怪的传言。

说是典药寮有魔鬼出入。

虽说设立殡宫的时期里，出现这样故弄玄虚的传言并不稀奇。

草壁王子此时已经单住了，在飞鸟的岛宫里，和王妃、王子一起居住。但是由于身体日渐虚弱，在母后的提议下，草壁王子搬到正宫里来，和母后一起住。

但是，他身体愈加衰弱下去，终于卧床不起了。

天蒙蒙亮了。

草壁王子一夜未眠，迎来了黎明。

透过竹帘，晨雾仿佛在寻找什么人似的悄悄溜进来了。草壁王子有些害怕。一直守候在旁边侍女对他说：

"殿下醒了？想喝水吗？"

这位侍女名叫棣棠，是去世的菟女的侄女。她是在被无法言说的不安驱使的草壁王妃的一再请求下，才被允许跟随太子进入正宫的。

"……不想喝，把帘子打开吧。"

棣棠犹豫了一下，因为她担心晨雾对太子的身体有影响。但是，由于近来太子没有主动要求过什么，棣棠便站起来，随了他的意愿。

充满春天草木的勃勃生气的精气被晨雾封锁着，仿佛还没有从睡眠中醒来似的。它们白天的能量犹如压倒稀薄的生命力般凶猛，因此，草壁王子感觉不舒服，平日总是放下竹帘的。

棣棠小声说道：

"啊，今天早晨山慈菇的花……"

草壁王子不明白地瞧了一眼棣棠，实际上，就连发出声音，对于他而言都是很困难的。

"山茶花篱笆墙的根部，自己长出来一枝山慈菇，我一直很惦记它，今天终于开出了第一朵花……"

草壁王子示意棣棠把自己扶起来。棣棠慌忙跑到他身边，帮着太子坐起来。

雾好像一点点散了。

他感觉连草尖也充盈起来似的那种生命力已经变成与自己疏远的、异质的东西了。

油亮油亮的山茶花叶子，开得十分旺盛，呈现出自己真实的生命形态。

在它们的根部，阳光照不到的地方，山慈菇花低着头，悄然而立。

那内敛的美丽，虽然与大方盛开的山茶花形成对照，却保持着不可思议的平衡。

在它那含苞待放的花蕾尖上，存储着一颗珍珠般的朝露。

草壁王子的心深深地被那棵山慈菇花的生命结晶般的露珠吸引了。

……啊，是露珠。

你将自身凝聚为露珠来到这个世界上之前，也曾经经历了很多无依无靠的痛苦漂泊吧……

朝露不多久就无声地从花蕾尖掉下来，静静地发散到空中去了。

这是草壁王子在这个世上看到的最后的景色。

在父皇驾崩三年后的四月十三日，在母后的守护下，草壁王子终于停止了呼吸。

在从此岸到彼岸去的意识之中，草壁王子感受到母后拉着自己的手，温柔地抚摸着。

……以前也有过这样的感觉。对了，那是从吉野的丹生都城回来的时候。"干得好"，母亲是这样赞扬我的……

草壁王子已经不能自由支配自己的身体，仍旧用尽最后的力气，对母后露出了微笑。那微笑已经不像是此世之人般温柔纯净，因此，母后看到这笑容，联想到了百济的观世音菩萨。

她拉着草壁王子的手号啕大哭起来。

此时，在紧握着的草壁王子的手中，母后第一次发现了从未见过的勾玉放射着银色的光辉。

这感天地泣鬼神的哀伤，使母后不能不像野兽一般号叫起来。

她不能不反反复复，一遍又一遍地呼喊着草壁王子的名字。

母后以为这是积存在王子体内的丹药还原为水银后的美丽的结晶呢。

叮铃，它发出了清脆的响声。

那好像是一片空气透明的寂寥而明亮的秋天旷野，在旷野中央有一支送葬的队伍在悄然无声地行进。

送葬队伍的脚下，仍然没有影子。

……那个送葬队伍是祖母的吧。那么，在那个丘陵上……

在那个山丘上，也站着一个魔鬼，静静地俯视着送葬的队伍。魔鬼已经把蓑笠都摘掉了。

那个蓑笠模样的东西，此时已经坦露出了它的真面目，停在魔鬼的肩膀上。它就是草壁王子小时候，不顾被芒草划得遍体鳞伤，穿越草丛，拼命追赶的那只怪鸟般的梦魇。

终于露出来的那张脸，魔鬼的两只大犄角下面，有两只深深的大眼窝。它无疑是非常恐怖的东西，也是令人莫名其妙感到痛苦的可悲的东西。

那清脆的铃声又响了。

草壁王子虽然看不见，但那铃声，却很像是那个魔鬼的眼泪。他总觉得看不见的眼泪流出来时，会发出铃声。而且眼泪会和铃声一起现身为珠子，像星星一样升上明晃晃的高空去。

……啊，原来是这样啊。这个旷野之所以会冻结般明亮，原来不是因为魔鬼太可怕，大家特别紧张的缘故，而是因为魔鬼的哀伤而凝固起来的……

不久，魔鬼自身也化作一颗珠子，升上天空去了。

仿佛追逐它似的，送葬的队伍也朝着天空行进了。

草壁王子也在送葬的队伍里，不知何时会被吸进去。

……到底要去哪里呢？

没有影子的色彩稀薄的人们，不知何时消失不见了。草壁王子忽然发觉又剩下自己一个人了。

……我也会渐渐消失吗？

怀着这样非常安宁的心境，王子漂浮在空中。在所有的一切都被茫然松解之时，他遇到了愿望的真谛般的东西。突然间，所有一切都朝着那真谛的一点聚拢而去。

此时，那股令人可怕的熟悉的古旧衣裳的气味再次飘过来了。

草壁王子不由得抬头望去，看见了包裹着发出那个香味的银色衣裳的阿象。阿象慈爱地抬起一只手，将魔鬼的泪珠像星星一般洒向四周。

此时在阿象的肩头，蹲着一只可爱的栗鼠模样的梦魇。

……啊，原来如此。那身装束原来是阿象的东西吗……

身裹银质神御衣的阿象微微垂着眼睛，美丽而沉稳，充满威严。

……丹生都比卖大神……

草壁王子不禁脱口而出。于是阿象像以往那样，微笑着朝草壁王子招手。

多年的岁月瞬间消失，草壁王子像小时候那样对阿象叫道：

……阿象啊，阿象啊。你要到哪里去啊……

这次草壁王子毫不犹豫，一直朝着阿象的国土走去。

那是星星之林亮堂堂环绕着的地方。

那是阿象等候着的令人怀念的少年时代。

白雁异闻

山崎走错了路。

从顾客家离开的时候，人家告诉他去车站，穿过那座小山比较快捷。于是他一直朝着小山走去，遇到第一条小路就拐了进去。现在回想起来，当时闪过一念——这条小路太细了。但他一心想着"穿过那座小山"这句话，所以并没有多想，就选择了那条小路。

虽是晚秋时节，但是那天可以说是小阳春天气，非常暖和，却又不到出汗的程度，就是说，在山野间逍遥是最合适不过的好天气了。要说美中不足的话，只是带的皮包重了些，不过，他平日总是带着它出行，早已习惯了，倒也不觉得特别沉。

枯草味儿和温暖的阳光，从远处吹来的微风，最初还悠然自得地吟诵"悠悠望远山，日照灿灿沐山头，踽踽枯野行"①的诗句，虽然一路上欣赏着已经着色的山葡萄，闻着落在地面上的果实开始发酵的幽幽香气，已是满树黄花的桂花树发散出的甘甜味道，却总也走不出"山野"，直到他终于不得不承认这小路肯定不是那条近道时，已经消磨了很多时间。太阳好像已经开始西斜了。

山崎是一位钢琴调音师，年纪已经算不小了。尽管对日常生活没有多大影响，但眼睛天生就不太好。就像弥补这一

---

① 日本高浜虚子（1874—1959）的俳句。

不足似的，他的听觉和嗅觉比一般人要好。虽然一直到这个岁数也没有成家，但他并不觉得生活多么不方便。从年轻时开始，他就在某个大乐器公司注册了调音师，一直靠着公司介绍客户生活。但是，由于近来不景气，山崎的工作也受到了影响。钢琴调音这种活儿，除非是相当专业的，一旦家计窘迫的时候，肯定会被推后的。至少一般家庭是这样的。今天的顾客是个例外，山崎去那位顾客家里调音，已经有四年之久了。

吊　床

　　风从小路前方迎面吹来。登上山顶时，看到了星星点点的住家。山崎看得并不清楚，不过，通过气味可以感知到。

　　可是，他还是不知道自己现在走到了什么位置。不过，至少有可能重新去寻找一条车站的路了，他叹了口气。

　　沿着小路往山下走时，意外地路过了一户人家。那户人家并非普通日本民居那样的房子，而是在瑞士常见的那种（虽然山崎并没有去过瑞士）质朴且具有故事性的建筑，因此山崎感觉自己仿佛被什么迷惑了似的。

　　显然那是私人住宅，况且山崎并不是好奇心强的人，可还是被好奇心牵引着往那边看去。结果，山崎的眼睛一下子捕捉到了一个场景——在那个建筑物的前院里，有一位将灰色头发束在脑后的妇人，正躺在摇晃的吊床上看书。

　　"您好！"

　　对方突然向他问候，山崎着实有些不知所措。好在他有些阅历，立刻恢复了镇定，问候道：

　　"您好。真是个好天气啊。"

　　他接着又说：

　　"其实，我好像是迷路了。人家告诉我去车站穿过那座小山是近路，于是我进了山，可是，好像走错了路。"

　　"这样啊。"

妇人从吊床上下来,整理了一下裙子,看样子好像要朝山崎走过来,于是山崎也往这家的院子里走了几步。妇人在离吊床几米远的庭院桌椅前说道:

"那你可是绕远了。确实有一条从山上去车站的路,但不是这里。"

然后说道:

"稍微休息一下好吗?您一定走了不少路吧?"

说着,拉出了椅子。山崎正求之不得呢,他确实正想歇歇脚。

"谢谢你了。那我就不客气了。"

山崎在椅子上坐下来。妇人说了句"请稍等一下",就进屋里去了。

这院子好香啊,山崎心里想。他估计是栽种的植物本身发出的香气。即便山崎有一双好眼睛,也未必知道满院子种植的是药草一类的植物。

"正好,我也正要喝茶呢。可以的话,一起喝吧。"

这样说着,妇人用马克杯端来了两杯茶。

不可思议的眼睛

"不好意思,给您用这样的杯子。"

"哪里哪里,真是谢谢了。"

茶的味道很独特。山崎喝这杯茶水时,只觉得自己内心不知从哪里吹来一股透明的风似的。他换了口气,说:

"我是给钢琴调音的。"

"啊,原来是这样啊。怪不得,我听见山那边有调琴声音呢。"

给钢琴调音时,的确会发出毫无音律的巨大声响震动四周。即便如此,从山那边怎么可能传到这边来呢?

"您听到的大概是别的声音吧。"

"不是不是,那是芳川家的钢琴吧?"

"啊,是的,是芳川先生家的。"

山崎更加半信半疑起来。

"由于这一带的地形关系,那声音是被风送到这里来的。芳川家是我女儿的婆家,那架钢琴,是我出嫁前使用的。"

大人莞尔一笑。不用说,山崎非常吃惊。

"这可真是奇遇呀。"

"所以说,不会搞错的。"

"怪不得。"

山崎每年去芳川家调一次音,已经四年了。每次都会见到芳川的太太，却没有想到她和夫人是母女。可是，虽然这位夫人的头发是灰白的，还是看不出她有个这么大的——他知道这个形容与作为一家主妇的芳川夫人不太适合——女儿。

"不过，您看上去真的很年轻啊。"

"哎哟，您是不是眼睛不好啊。"

"是的，是眼睛不好。"

妇人开玩笑地瞪了他一眼，突然意识到什么似的，说："哟，对不起！"

"没有没有，我真的是眼睛不好。不过，女性的大致年龄还是能看出的。"

"这可真是……很奇妙的眼睛啊。"

"确实是这样。"

尤其是到了黄昏时分，就连一般人看不见的东西，山崎也能看见。这也可以说是视觉的认知机能减退，因此自己的眼睛捕捉到了不准确的影像，一直以来他只是这样认为。被妇人称之为"奇妙的眼睛"，他忽然觉得也不是没有一点道理。

"我去芳川家调音，已经四年了。"

"是吧。"

妇人好像想起了什么似的。

"不过，我还没有见过她的先生。"

"是吧。"

妇人重复着同样的话，点了点头。

"我们，嫁到芳川家的女儿、女婿和我，由于工作关系，春夏时住在北国。但是，那边毕竟太冷，一到冬季，就被白雪覆盖，这样一来，什么工作也做不了了。因此，我们就搬回到这边来了。但是女婿总是在那边处理剩余的事情，所以要比我们晚很久回来。"

"是吗?"

虽然山崎这样应和，但其实很想问问他们在那边做的是什么工作。山崎的好奇心被勾起来了，他心里猜测，她说的"我们"大概指的是一家人经营的产业吧。

早春的合奏

"我可以问个私人问题吗？"

"可以，是关于工作的内容吧？是食品加工。"

妇人看来是个脑子转得很快的人，立刻回答。

"哦。"

"越橘、岩高兰、蔓越莓、黑莓，都是在北国山野出产的东西。你也知道，这些东西，在冬天很难找到。"

倒也是。大概是用于制做果酱或是干果吧，山崎心里想。

"回这里来是为了避寒吧？"

"是的，每年回来。以前，我也是在老公回来之前，先把钢琴调好音的。那时候的调音师叫木村。"

"这个名字听说过，好像是几年前去世了。"

"是的。"

妇人把杯子放在桌子上，脸色很阴郁。

"我老公也走了，木村先生也走了，我的朋友中，由于丧事不能收贺年卡的也越来越多了①。一想到这些——父母那一代已经渐渐地死去，下面该轮到子女本人了……就深深感到自己的时代正在过去。"

这也是山崎最近常常伤感的事情。山崎没有结婚，也没

---

① 家中有亲属过世是不能收别人寄来的贺年卡的。

有子女。不仅是这些,总觉得还有什么事没有做似的。但是,这些念头在平静的岁月中,已经变成被驱赶到彼岸的藤蔓了。

吹过来的风里渐渐夹带了凉气。

"我差不多该告辞了。"

山崎把椅子往后撤了撤,站起身来。

"已经打扰了您这么长时间,现在感觉一点也不累了。"

妇人笑眯眯地说:

"从这里去车站的话,还是坐巴士比较好。一个小时后有一趟车,走到车站也得近一个小时。汽车站就在前面不远。从那里下去,走五分钟就是县公路,然后往右拐就是汽车站。还是去里面坐坐吧,天气有点冷了,把暖炉生着吧。"山崎虽有些踌躇,但是对这位谜一样的妇人还想多了解一些,便回答:

"对不起,那就听您的,待到下趟车来吧。"

"那就请到这边来。"山崎跟在妇人后面走进了打开的大木门里。一楼是木地板,没有那种日本式的脱鞋场所。壁龛铺的是石材,最里面靠墙壁有个暖炉。妇人从暖炉旁边的劈柴筐里拿出柴,往暖炉里添加起来。从小树枝开始按顺序一层层堆着。这真是令人愉快的作业。最后噼噼啪啪燃烧起来的火苗,使山崎感到自己彻底放松下来了。暖炉上面立着一个镜框,照片里的男人大概是妇人的丈夫,满脸笑容,好像要对你说什么话似的。

"您先生是什么时候……"

"是五年前的冬天,被人发现死在高速公路上。"

"高速公路上……"

山崎无语了。

肉豆蔻磨碎机

"是因为卷入什么案件里了吗？"

"不是，我判断这件事本身没有什么值得追究的。以前我们也有很多亲戚，但是常常在移动途中，会有亲人以这样的方式死掉，真是个难以平安活下去的世道啊……你不觉得有这种事吗？就是有的家族不知怎么逐渐灭绝了，这种事。"

将妇人的话逐一琢磨的话，虽然有些奇异，但是当时对山崎的内心震撼很大。

"是啊，我也是无牵无挂之人，好像能够理解。"

——那些不断消失的人的命运。

在山崎的耳边，仿佛听到妇人这样轻声说。但是，她慢慢地站了起来：

"我去拿热咖啡，暖暖身子。"

没等山崎回答，妇人就朝厨房走去。中途站在旧立体声音响旁边，放了一个唱片。乐曲流淌出来，山崎听过这个曲子，是《雪雁》。第一乐章是"大沼泽"。在雾霭那边，一群白雁在互相鸣叫。

山崎听得入迷时，妇人端着托盘从厨房出来了。

"这个乐曲，我以前很爱听。"

"太好了。"

"虽然不喜欢保罗·加利科①的小说《雪雁》，可不知怎么喜欢《雪雁》这个唱片。我是个只喜欢听古典音乐的人，但偶然听到这个乐曲，就立刻去买了唱片。"

"我也是。最近一到傍晚，就特别想听它，非常动听。"

妇人闭着眼睛，用力叹息了一声。然后说：

"热咖啡里，加入肉豆蔻的话，很好喝。"

她在热咖啡的杯子上方，用肉豆蔻磨碎器咔啦咔啦地磨碎了肉豆蔻。很强烈的、异国风味的香气弥漫开来。山崎品了一口，满嘴都是北国冻土下面的黑土般的芳香。

"那么，芳川的太太——您的女儿经常来这里吗？"

"不常来。"

妇人很干脆地否定。

"一旦单飞的鸟儿，就不会再回老巢了。挺好的，她快要生孩子了，钢琴以后就要传给那个孩子了。这样就挺好的。"

然后她微微抬起头。

"只有在往来于北国的时候，在车站偶尔会看到她。啊，那个孩子在那儿呢，从远处望着她这么想想就满足了。"

她说完露出了微笑。山崎的脑海里浮现出在星辰满天的夜晚，在北国的车站等车的采摘浆果的一家人的模样。他赶紧摇摇头，回到现实中来。

"啊，巴士的时间到了，这次可不能晚了。已经打扰您好久了，谢谢您的招待。"

他下决心站起来。

---

① 保罗·加利科（1897—1976），美国编剧。

因为天黑下来了，妇人担心他摔倒，把他送到了车站。山崎赶上了车，从灯光朦胧的巴士里向妇人点头致意。

就是这么个故事。

不过，翌年，芳川家没有请他去调音。山崎问了公司，说是好像在返乡途中，太太失踪了。

因工作路过那边的时候，山崎很想再次造访那位妇人的家，但是由于害怕那里已经人去屋空，山崎没有付诸行动。

不过，最近在山崎日渐朦胧的视野里，时常浮现出夕阳西下时的沼泽。

他听到在雾霭那边，回响着浪潮一般遥相呼应、鸣叫不停的白雁的声音。

这是因为，仿佛为了弥补视力的衰退，听力变得令人不可思议的敏锐了。